浙江省革命老区
红色故事集

浙江省革命老区开发建设促进会　组编

李良福　郑汉阳　主编

ZHEJIANG SHENG GEMING
LAOQU HONGSE GUSHI JI

ZHEJIANG UNIVERSITY PRESS
浙江大学出版社
·杭州·

序　言

　　了解历史才能看得远，理解历史才能走得远。

　　革命老区是党和人民军队的根，是中国人民选择中国共产党的历史见证。《浙江省革命老区红色故事集》作为记录发生在浙江的革命斗争故事文集，经过各方努力终于与大家见面了。这是一件十分有意义的事。

　　习近平总书记指出，"我们党的一百年，是矢志践行初心使命的一百年，是筚路蓝缕奠基立业的一百年，是创造辉煌开辟未来的一百年"①。回望峥嵘岁月，浙江是中国共产党领导的革命活动开展较早的地区之一，也是党领导的武装斗争开展较早的地区之一。从上海石库门到嘉兴南湖，中国革命红船在此扬帆起航。此后，盈盈南湖水，百年风云际会。

　　从 1922 年 9 月起，浙江党的地方组织

---

① 习近平 . 在党史学习教育动员大会上的讲话 [J]. 求是，2021(7).

陆续建立，逐步发展。1927 年 6 月，中共浙江省委在腥风血雨中成立。在党的八七会议精神指引下，全省各地党领导的农民武装暴动风起云涌，中共浙江省委组织工农红军游击队，创建游击根据地，给国民党反动统治以有力打击。

1930 年 5 月，以胡公冕为军长、金贯真为政委的中国工农红军第十三军在永嘉成立，在浙南的温州、丽水、台州和浙中的金华等地广大农村中，先后坚持武装斗争近 4 年。与此同时，方志敏领导的赣东北苏区也积极向浙西开展工作。1934 年 8 月至 1935 年 1 月，中国工农红军北上抗日先遣队在方志敏、寻淮州、乐少华、刘英、粟裕等人率领下征战浙江。1935 年 3 月，刘英、粟裕率领中国工农红军挺进师进入浙江，开始了艰苦卓绝的 3 年游击战争，创建了浙西南、浙南游击根据地。同一时期，闽浙赣（后为皖浙赣）省委书记关英等人率领的红军游击队坚持在闽浙皖赣边区斗争。

抗日战争全面爆发后，红军挺进师与国民党地方当局达成停战协议，改称为闽浙边抗日游击总队，后改编为新四军，由粟裕率领开赴皖南集中，奔向抗日战场。刘英等干部继续坚持在浙江斗争。1941 年 4 月和 1942 年 5 月，日寇分别发动宁（波）绍（兴）和浙赣战役，浙东和金衢相继沦陷，根据中共中央和毛泽东的指示，华中局、新四军军部派出谭启龙、何克希等干部和武装到浙东，与当地党组织和武装会合，建立了中共浙东区委、新四军浙东游击纵队，创建浙东抗日根据地，设立浙东行政公署，辖5个行政区、10余个县级政权，使浙东抗日根据地成为全国19块抗日根据地之一。1945年春，新四军苏浙军区在长兴成立，粟裕为司令员兼政委、叶飞为副司令员，开辟了包括4个地区级、10余个县级政权的浙西抗日根据地。浙南党组织顽强坚守浙南革命战略支点，在瓯北等地组建抗日武装，开展抗日游击战争。

1945年9月抗日战争胜利后，我省新四军主力奉中央指示北撤，留下部分人员坚持斗争。1946年下半年全面内战爆发后，党在浙江原各游击区恢复和重建革命武装，开展游击战争，沉重打击了国民党反动派。1949年春，在解放大军胜利南下的有利形势下，以马青为司令员、张瑞昌（顾德欢）为政委的浙东人民解放军第二游击纵队和以龙跃为司令员兼政委的解放军浙南游击纵队，以及其他地方游击队主动出击，解放数十座县城，配合渡江南下的解放大军为解放浙江全省作出了贡献。

历经二十八载，从嘉兴南湖到宁波四明山，从江山洪岩顶到台州一江山，在浙江这片充满红色记忆的热土上，党领导群众一路栉风沐雨、披荆斩棘，在筚路蓝缕中开辟了多个革命根据地，涌现出一大批感人肺腑的革命故事。先后有徐英、刘英等6位省委书记（或代理书记）和上万名英烈在这里前赴后继，抛头颅、洒热血；

3

也曾有粟裕、叶飞、谭启龙等老一辈无产阶级革命家在这里排兵布阵、率先垂范,彰显军民融合、鱼水情深之大义……

血脉永续,山河日新。党的二十大报告指出,要发展社会主义先进文化,弘扬革命文化,传承中华优秀传统文化,巩固全党全国各族人民团结奋斗的共同思想基础。浙江革命老区是红色文化发祥地之一,在革命斗争实践中形成的老区精神,已纳入中国共产党人精神谱系之中。站在新的历史起点,我们要以习近平新时代中国特色社会主义思想为指引,"讲好党的故事、革命的故事、根据地的故事、英雄和烈士的故事,加强革命传统教育、爱国主义教育、青少年思想道德教育,把红色基因传承好,确保红色江山永不变色"①。

万里征途远,秣马再起程。当前,浙江正在忠实践行"八八战略",推进以"两个先行"打造"重要窗口",建设共同富裕示范区。我们收集整理了发生在浙江大地的部分红色故事,编辑成册,希望广大浙江儿女在革命先烈用鲜血铺就的梦想底色上,用好红色资源,传承红色基因,共同见证革命星火燎原,在感恩奋进中续写中国式现代化的浙江华章。

---

① 习近平. 用好红色资源,传承好红色基因,把红色江山世世代代传下去 [J]. 求是,2021(10).

目 录

CONTENTS

1

目　录

5

陈望道

真理的味道非常甜

"高高一池塘，滢滢三千方，西流泽义乌，东灌润浦江。"义乌西北大峰山下有一座 600 多年历史的古村，因村中一口池塘而水分东西两系，故名分水塘村。

这里是被誉为"千秋巨笔"的陈望道的家乡，是《共产党宣言》首个中文全译本的诞生地，也是"真理的味道非常甜"故事的发生地。2012 年 11 月 29 日，习近平总书记在北京参观《复兴之路》展览，看到陈列柜中《共产党宣言》中文译本时，再次跟大家生动讲述了陈望道因全神贯注翻译《共产党宣言》，进入忘我状态的故事。

一、传播真理义不容辞

思想就是力量。一个民族要走在时代前列，就一刻不能没有理论思维，一刻不能没有真理指引。1920 年春，29 岁的陈望道收到一封约稿函，上海《星期评论》杂志请他翻译《共产党宣言》。这可不是一般的翻译任

陈望道故居

务。当时的中国，虽然李大钊和陈独秀等早期共产主义者刊发过一些介绍《共产党宣言》的文章，但一直没有中文全译本出版。陈望道早年赴日本留学，学习了文学、哲学、法律等，虽接触并阅读了马克思主义书籍，但临危受命，依旧深感责任重大、使命艰巨。陈望道携带《共产党宣言》英译本和日译本，秘密回到家乡分水塘村，开始了"呕心沥血"的翻译之路。

二、"真理的味道非常甜"

坐落在浙江义乌分水塘村的陈望道故居，是典型清代庭院式建筑，宽敞明亮。陈望道回家恰逢春节，村子里家家户户都在准备年货，来往宾客众多，尤为热闹。为保证翻译时不被打扰，他选择家里大门西侧僻静的柴房作为工作室。母亲见他工作辛苦，便送上粽子和一碟"义乌三宝"之一的红糖给他吃。陈望道头也不抬，一边翻译一边吃粽子，竟然把墨汁当成红糖蘸着吃了。母亲在门外问他："红糖够甜不？""可甜，可甜了。"陈望道回答道。殊不知自己早已吃得满嘴是墨汁。"真理的味道非常甜"由此广泛流传。

因为要把英文版和日文版互为对照，陈望道花了比平时译书多几倍的功夫，夜以继日、废寝忘食，终于在1920年4月下旬完成了《共产党宣言》的全文翻译工作。随后，他将译稿带到上海，交给陈独秀和李汉俊校阅后做最后修订。1920年8月，经多方努力，《共产党宣言》中文全译本出版，这是国内第一本正式公开出版的《共产党宣言》。这本只有2万多字的册子在当时像灯塔，引导革命航船在黑暗大海中前进，革命星火由此燎原万里。此书出版后不到一年，中国共产党诞生，在随后的几年里，《共产党宣言》被多次重印，至1926年5月，此书已印行17版。信仰的味道，历久弥新。

三、信仰传承红色之路

信仰的力量在于笃行。时至今日，义乌打造了一条以中文全译本《共产党宣言》首译地分水塘村为核心的"望道信仰线"，建成一条融合红色文化、改革开放、"一带一路"等元素的和美乡村精品线。其中，以陈望道故居所在地分水塘村为核心，深挖特色资源，通过纪念馆、古街等构建红色故事旅游线，打造了以《共产党宣言》为主题的红色文化之路，游人如织，瞻仰者如潮。

2020年，义乌市革命老区开发建设促进会为城西街道分水塘村饮用水工程提供补助资金200万元，解决革命老区饮水难问题。同年10月，共青团浙江省委、省革命老区开发建设促进会在义乌陈望道故居共同举办了"浙江省首批青少年红色基因传承基地授牌仪式"，陈望道故居成为浙江省首批15家青少年红色基因传承基地之一。

"真理的味道非常甜"具有强大的号召力、感召力和生命力，吸引着中华儿女不断地去学习、研究、坚守、信仰、践行和发展。正如陈望道常说的一句话：马克思主义对于一切科学、一切工作都有指南的作用，它能帮助我们高瞻远瞩，勇往直前！

（义乌市革命老区开发建设促进会供稿，原作者吴优赛，晓路改编）

张新锦

青春无悔引领青年革命

"父亲大人：我现已来上海，明天定回杭州，处州去或不去，现尚不能决定，等将来再告。……来信暂由杭州马市街四十二号宓维琮转"。这是张新锦烈士留给家人的唯一一封家书，如今陈列在浙江革命烈士纪念馆中。

书信的最后一句话，其实暗藏了很多的秘密与信息。

1925年10月25日恢复共青团杭州地委建制，张新锦当选为书记，宓维琮任组织部部长。张新锦还兼任学联与工会工作。宓家是一个大家族，宓维琮的父亲是杭州知名金融家，在马市街有上百间房产，"四十二号"只是其中一处。因为宓维琮的公开身份是安定中学学生，外表看起来像个纨绔子弟，再加上其家中进出的人员很多，所以在这里开展工作非常方便、隐秘与安全。时任共青团杭州地委书记的张新锦，经常召集各校共青团员和进步青年，在宓维琮家里召开秘密会议，研究部署行动方案、推动相关工作。

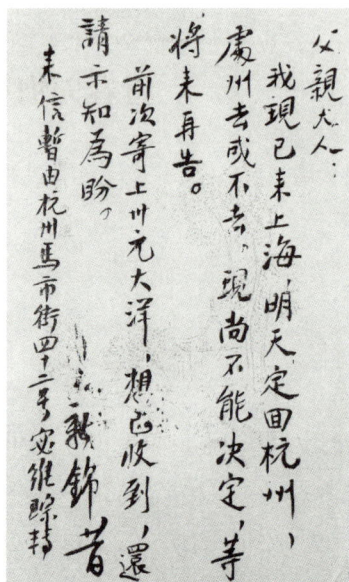

张新锦给父亲的信

一、学贯中西，红潮起航

张新锦，1899 年出生在金华市浦江县和祥山村的一个农民家庭。1916 年，17 岁的他以优异的成绩从县城的浦阳高等小学考入省立第七师范学校，金华的最高学府之一。当时的中国内忧外患，人民苦难深重。在校期间，他如饥似渴地阅读进步书刊，接受新文化思想，积极参与社会活动，迅速显露组织才能，并很快成为学生自治会负责人之一。

1919 年，"五四"运动爆发，张新锦带领省立第七师范学校学生并联合省立第七中学学生，在金华武胜营召开全市青年学生与各界人士大会，声援北京青年学生的正义斗争。会后，张新锦组织学生示威游行，罢课一周。同时，他参与组织"金华抗日救国会"，任宣传组组长，创办进步刊物《童灯》，并组织 7 个宣传队，分别到兰溪、东阳、义乌、永康、武义、浦江、汤溪等地开展宣传活动，唤醒民众。他亲自带领一个宣传队到家乡浦江，不仅在县城街头慷慨激昂地宣讲革命思想、散发革命传单，还走村串户播撒革命种子。在浦江县通化蒋畈村，张新锦的宣讲得到育才学校师生的热烈响应，师生们连夜制作小旗、书写标语，跟随宣传队到附近小集镇宣传。张新锦还积极发动群众开展抵制日货活动，组织学生到街头、商店和码头，检查日货、登记造册、禁止贩卖。有一天，他们在金华码头截获日货 12 箱，当即将其在桥头烧毁，极大地鼓舞了人民的斗志。

1920 年夏，反动当局趁学生回乡度假之际，宣布将张新锦等进步学生开除，并公然破坏学生活动。张新锦回到家里，见父母为此长吁短叹，就说："现在列强欺凌，军阀混战，民生凋敝，国家哪里还有国家的样子！读书如不能救民于水火，又有什么用？！"他常常以星空为伴，在屏风岩下苦苦思索："中国为什么会屡屡被列强欺压？老百姓为什么不得温饱？"他下定决心要寻求到救国的真理，担起解救苦难同胞的重任。

二、坚定初心，无悔奋斗

1922年，张新锦迎来了人生最重要的时刻。这年8月，他考入浙江公立法政专门学校，遇到了他的两位人生导师：共产党人于树德与安体诚教授。于树德与安体诚都是李大钊的同学，在张新锦入校之前，于树德受北方党组织的指派，由天津南下杭州担任该校教职。1922年9月，中共杭州小组成立，于树德任组长。在于树德与安体诚的引导下，张新锦进一步系统学习了马克思主义理论，坚信共产党的事业必胜，在杭州加入了中国社会主义青年团，后加入中国共产党。

与此同时，他积极投身各种活动，在工人、学生中广泛宣传革命思想，在实际的斗争锻炼中迅速成长。很多进步学生，如浦江同乡黄文容（黄玠然）、来自临海的张崇文等，在张新锦的影响下，纷纷加入革命斗争行列。当时，张崇文在该校附设商科学习，张新锦经常把《中国青年》《向导》等进步刊物介绍给他看。张新锦还常常带领张崇文和黄文容一起去于树德、安体诚那里学习知识、讨论问题。在一次关于人生意义的讨论中，安体诚教授说道："人类社会不管前面有多大阻力，总是要发展进步的，这是一条不可抗拒的规律。而人生的意义就在于认识这一规律，自觉地为人类社会的发展和进步作斗争。"听了安体诚教授的话，张新锦受到了启发，他补充道："这是我们今天的青年人应有的人生观，我们要反对迷信，反对剥削，反对压迫，努力建立一个平等、自由、幸福的社会。"他说话时有一个惯用的手势，将一只手的五个指头聚合在一起，奋力挥动，仿佛象征着他革命决心永不动摇。

在出任共青团杭州地委书记期间，张新锦还经常用"新荆"等笔名为《浙民报》等报纸撰文，以通俗流畅的文字宣讲革命道理。张新锦登载于旅杭学会会刊《浦江》上的评论《目前一个大问题——生活》，说明他对当时因受帝国主义和封建军阀压迫而造成的社会现状有很清醒的认识。不久，他投身北伐革命，曾任国民革命军东路军政治部宣传科科长。1927年在反革命政变中被捕牺牲，年仅28岁。

生命虽短暂，青春却绚丽。中国共产党人的初心和使命，就是为中国人民谋幸福，为中华民族谋复兴。信仰是人的精神支柱，有信仰就会心无旁骛，一往无前敢于担当，不屈不挠地朝着心中的目标去奋斗。信仰的火炬照亮了张新锦的奋斗之路，他以极大的热情去做青年工作，做青年朋友的知心人、青年工作的热心人、青年群众的引路人，他用自己的青春、热血和忠诚，书写了短暂而又光辉的人生篇章。

（浙江革命烈士纪念馆供稿，原作者赵壮志，郑心怡改编）

徐 英

工人运动出身的省委书记

13 岁做学徒，20 岁担任中共武义县委书记，21 岁当选中共浙江省委书记，23 岁就为革命献出了年轻的生命。"只要活着一天，就要斗争一天。"——这是他的战斗信条；"革命总有一天要胜利，活着就要为党工作。"——这是他的革命信念。

一、年轻的工人运动领头人

徐英，生于 1907 年 8 月 19 日，武义县水碓后村人。因家贫，小学就辍学谋生，13 岁在古竹村的一家南货店里当学徒。有一次，他见老板家的长工吃不饱，就暗地里拿糕点给长工充饥，雇主发现后，将他训斥一顿，辞退回家。为了生计，徐英又先后到桐琴一家染布店和县城新兴染布店当杂工，曾以自己微薄的收入救助了一名走投无路的妇女。

1925 年，经同乡介绍，徐英离开家乡，远赴宁波谋生，先在宁波电影院收票，后到宁波美球针织厂织布车间当工人。之后，徐英和一批新工人，前往上海福华丝边厂接受培训。

不久，上海爆发了声势浩大的五卅反帝爱国运动，这一革命浪潮在社会上引起强烈反响，让亲历其中的徐英，看到了工人阶级团结战斗的力量。在斗争中，徐英接受了党的教育。回到宁波以后，他发动全厂工友成立工会，开始领导全厂工人与资本家开展斗争。1925年冬，徐英加入中国共产党，在美球针织厂建立党支部并担任党支部书记，之后又承担中共宁波地委交通联络员的工作。

在国民党"清党""剿共"乌云密布、恶浪滚滚的形势下，斗争环境愈来愈险恶。徐英经常改名换姓，化装成各种不同身份出没在人群中。他巧妙地避开国民党便衣密探，四处打听消息，进行秘密联络。他通过永耀电厂的党员和同情党的革命群众，利用外出检修线路的机会，暗中传递情报、散发传单、张贴标语，打开了一条地下联络线。

徐英在厂里组织工会，带领工人"闹事"，美球针织厂厂主怀恨在心，进行了告发，徐英被国民党当局逮捕。面对敌人的频繁审讯和严刑拷打，徐英坚贞不屈，守口如瓶。美球厂的工人听到徐英被捕的消息后，义愤填膺，纷纷向厂主抗议，提出"若不释放徐英，我们就不上工"的强烈要求。厂主唯恐事态扩大，难以平息，只得答应保释他。

二、21 岁的省委书记

1927 年 11 月，中共浙江省委指派徐英回武义恢复党组织并担任县委书记。徐英回到武义后，就进行秘密串连，找寻失去联系的同志，组建了中共武义县委。在调回省委工作之前，徐英主持召开秘密会议，传达了省委指示精神，推荐邵李青（又名邵李清）为县委书记，并确定了主要工作任务：积极开展宣传工作，恢复和发展党团组织，组织农民协会和筹建农军（后称工农红军）。

1928 年 8 月，县委在金畈村召开扩大会议，贯彻党的八七会议精神。徐英在会上分析了革命形势，就整顿发展党的组织，加强农民运动的领导，提出了很好的意见。会议决定在全县成立东、南、西、北 4 个区委，会后县委成员分头发动群众从事各项组织准备工作。每次外出活动，徐英总是要求同志们提高警觉，并现身说法，介绍化装技巧和秘密工作的方法，培养干部的应变能力。有时，他扮成学生模样，口袋里揣着《圣经》之类书籍，以应对沿途盘查。为了揭露反动派的罪行，他率领农协会员到县城张贴布告，从大街小巷，一直贴到国民党县政府的大门口。当时，用来制作浆糊的是熟芋艿，他风趣地说，这东西藏在口袋里不引人注意，饿了还能充饥。

1928 年 11 月底，省委将徐英调回杭州，任省委常委，分工负责工人运动。次年1月16日，中共浙江省委召开扩大会议，工人出身的徐英当选为省委书记。在这期间，杭州及各地的白色恐怖加剧，城市的许多支部解体，基层组织遭到破坏，地下省委机关受到严重威胁。于是，省委几个负责人决定分别到各地巡视，直接领导各地的革命活动。

1929年5月，徐英接受任务到了宁波，再次领导宁波地区的革命斗争。他化名于凤鸣，先后和一批坚持地下斗争的党员接上关系，经过两个月隐蔽而紧张的准备，于8月成立了中共宁波特支，并担任书记。徐英地下斗争经验丰富，安排巧妙，方法得当，工作进展顺利。到10月底，宁波特支已在镇海、鄞县、慈溪、奉化、象山等地以及鄞县警察局教练所内，先后建立起6个支部，有党员30余名，并发动工人和学警进行斗争，取得了不少胜利。其间，徐英又作为中央巡视员，前往台州、温州等地检查指导工作，帮助这些地区恢复党组织开展活动。

三、狱中的铮铮铁汉

1929年12月17日，因特支机关被特务发现，徐英在宁波君子道三街四号楼上，不幸被捕。次年2月3日，宁波反动当局审讯徐英后，将他押解到杭州的浙江陆军监狱。当时的上海《时报》将此作为头版新闻进行了连续报道，如"宁波捕获共党重要分子工人徐英""宁波特刑分庭结束，审理中共之犯解省"等等。

敌人从查获的中共浙江省委文件和名册中得知，徐英曾任中共浙江省委领导和宁波特支书记等重要职务，是共产党的"健全分子"。4月28日，国民党浙江高等法院判处徐英死刑。

徐英从被捕之时就下定决心，只要活着一天，就要斗争一天。在法庭审讯中，他把法庭当战场，与敌人开展面对面的舌战，以合法斗争的方式保护自己。监狱内有多道铁门，层层架设机枪，重兵把守，徐英被关在丙监七笼，进行着人生的最后"拼搏"。他利用"放风"的机会，很快与狱中的党组织成员裘古怀等取得联系，积极领导狱中斗争。他提出"法庭是战场，监狱是熔炉"，给难友们指明斗争的方向。他用暗号建立起狱中的联络网，把上级党组织称为"外祖母"，把狱中的党组织称为"母亲"。

曾与徐英关在同室的金克念回忆说："记得我调到七笼的那天，徐英同志了解我的情况后，就热情地鼓励并教诲我：革命总有一天要胜利，活着就要为党工作。他每天以附近杭州造币厂的汽笛声为号，叫难友们起床，与大家一起做徒手操，一起学习文化和革命理论。狱中党组织还秘密编写了两个地下刊物，一个是以学习理论为主的《火星》，刊登学习心得。另一刊物以学习文化为主，叫《洋铁碗》，指精神食粮，文字浅显，通俗易懂，很受难友欢迎。"

在阴森森的监狱里，为了改善狱中难友们的生活，徐英领导大家同监狱当局开展斗争，组织了为时三天的绝食抗争。为此，徐英多次被刽子手们五花大绑，铐上沉重的三节镣，饱受藤条毒打，但他铮铮铁骨，坚贞不屈。

徐英在狱中，既善于团结自己的同志，也善于做监狱看守的争取工作。一些看守受徐英的感化，渐渐地改变了对共产党人的看法。有的暗中帮助买东西、送报纸，甚至秘密地通风报信，把反动当局何时要搜查笼子等信息透露给徐英。

1930年8月27日早上，徐英等19人在杭州浙江陆军监狱英勇就义。临刑前，他大义凛然、坚贞不屈，就义者的口号声和狱中难友们的国际歌声响彻云霄。

（武义县革命老区开发建设促进会供稿，童未泯改编）

雪花社

鄞东革命第一束火光

　　鄞县（今宁波市鄞州区），自古为教育兴盛、思想创新、人才辈出之地。北宋王安石曾在鄞县开办县学，倡导科举入仕，大兴教育之风，培养了一代又一代治国人才。

　　教育的兴盛促进了社会的变革。20世纪初，办学新潮蔚然成风，鄞县县城拥有14所中等学校和50所小学，一大批向往新知识、新世界的青少年相继涌向宁波。

一、传播革命火种

　　1919年，巴黎和会上中国外交失败的消息传到国内，一时间群情激愤。5月4日，北京发生了声势浩大的反对帝国主义、封建主义的"五四"爱国运动。

　　在"五四"运动影响下，马克思主义和"十月革命"的消息传播到了宁波。一大批新青年开始意识到，苦难深重的中国迫切需要新的思想引领救亡运动，迫切需要新的组织凝聚革命力量，掀起革命高潮。在这样的背景下，"雪花社"应运而生。

雪花社的发起人是鄞县东部地区咸祥镇咸五村的干书稼（1901—1948）。他在省立第四师范求学期间，就因参与倡导革新教育掀起学潮被校方劝离返乡，但这并没有浇灭干书稼的革命热情。1921年6月，他在鄞县发起组建进步知识青年文学团体雪花社，被推举为社长。陆续加入的成员有赵济猛、卓恺泽、卓兰芳等，汇集了当时宁波革命青年的大部分精英。

1922年7月，中国共产党早期活动家张秋人、恽代英和沈雁冰（笔名茅盾）等人，先后来到宁波宣传马克思主义，在雪花社中发起成立了"社会主义读书会"。其成员在宁波《时事公报》副刊发表了《马克思主义是什么》等10余篇文章，在宁波第一次比较系统地介绍了马克思主义的基本概念。

在传播新文化和马克思主义的过程中，雪花社有意识地与宁波工人运动相结合，举办平民学校，在工人、农民中传播马克思主义，这也为中共宁波地方组织的建立创造了条件。雪花社的成员们成为中共宁波地方组织的中坚力量，当时宁波约四分之三的第一批共青团员、五分之一的第一批共产党员来自雪花社。如赵济猛后任中共宁波地委书记，卓恺泽后任共青团浙江省委书记，卓兰芳后任中共浙江省委书记，社长干书稼先后任共青团宁波地委委员、第一任党支部书记，等等。

雪花社为鄞东地区乃至全省输送了一批又一批革命
人才，革命火种由此传播。

二、点燃燎原星火

1924 年春，鄞县塘溪镇童村的童第锵、上周村的
周焕、沙村的沙文汉和咸祥镇山岩岭的金绍勔在宁波
求学期间，共同组建了进步学生团体"东光社"，取意
"东方的曙光"。

童第锵出任社长，并创办革命进步刊物《东光》周
刊，周焕任主编。《东光》宣传马克思主义，传播新文
化、新思想，影响力逐渐扩大，与《宁波评论》和《甬
江潮》一道，成为当时宁波主要的革命刊物。后来，宁
波最早的农村党支部之一沙村支部成立，沙文求、沙文
汉先后出任书记，童第锵任组织委员，周焕任宣传委
员。金绍勔担任山岩岭支部书记。他们成为大革命时期
鄞东地区耀眼的红色星光。

1926 年初，中共宁波地委决定首先在鄞东、奉东
等地区发展中共组织，发动农民革命。时任中共宁波地
委委员的卓兰芳、沙文求奉命回到家乡奉化松岙、鄞县
塘溪，培养农民骨干入党，创建农会和农村党支部。

1926 年 5 月，毛泽东主持第六届广州农民运动讲
习所，来自全国各地的 327 名学员参加学习，其中 4 名
来自浙江。在恽代英的举荐下，中共宁波地委指派农委
书记竺清旦和农运骨干金绍勔前往广州农民运动讲习所

学习。后来竺清旦因革命斗争需要，中途奉命返回，金绍勖成了宁波唯一全程参加学习的学员。

这期农讲所的主要教员，除毛泽东以外，还有周恩来、李立三、恽代英、张太雷、萧楚女、张秋人、郭沫若、何香凝、林伯渠等一批革命家。在农讲所学习期间，金绍勖认真聆听各位革命家的讲课，用毛笔仔仔细细地记录下课堂内容，其中的《农民问题——毛泽东先生讲》，是至今保存下来的最为工整、详细的学员笔记，已被国家档案馆列为一级文物予以珍藏。

农讲所学员金绍勖听毛泽东讲课的笔记

1926 年 9 月，金绍勖与其他学员一道奔赴全国各地，成为中国共产党培养的第一批全国性的农民运动骨干，继续投身革命，用星星之火形成中国农民运动的燎原之势。回到宁波后，金绍勖加入中国共产党。同年

11月，中共宁波地委组建了宁（波）绍（兴）台（州）农民协会办事处，竺清旦任主任，卓兰芳任指导员，金绍勛被任命为宁绍台农民协会办事处第三分区（大咸区）农民运动特派员，协助沙文汉发展党组织和农民协会。

1926年12月22日，鄞县农民协会成立，竺清旦兼任主席，金绍勛当选委员。经批准，金绍勛在家乡建立了山岩岭农民协会和党支部，并出任支部书记。山岩岭农民协会活动区域含鄞东咸祥、球山、瞻岐一带，共有党员6名。1927年初，沙文汉、金绍勛协助建立芦浦党支部，由小学教员舒定山任支部书记，发展党员9名。至此，鄞东地区农村中共党支部达到3个，党员总数60余名，成为大革命时期鄞东农民运动的先锋力量。

鄞东雪花社就像革命者的培育学校，无数革命人才由此奔赴四方，如火种般点亮一处又一处。星星之火，可以燎原，而雪花社就是革命燎原之火的第一束火光。

（宁波市鄞州区革命老区开发建设促进会供稿，周晚改编）

王金姆
贫苦货郎挑起革命重担

"为人民，头可断，血可流，志不屈。"位于温州市瓯海区黄屿山的王金姆烈士纪念碑庄严肃穆、令人敬仰，碑文上记载着先烈在那个苦难的年代，为了民族解放和民众幸福顽强斗争的英雄事迹，象征着革命精神的永存。当地村民经常会自发来这里祭扫，寄托心中的哀思，表达对英雄最崇高的敬意。

一、"挑货郎"萌发革命理想

王金姆，又名黄景铭，1893 年出生于黄屿村一个贫苦的农民家庭。王金姆成年后成为一名挑货郎，走街串巷让他接触到革命的星火，激发了革命热血，他心里埋下一颗正待萌芽的革命种子。

1926 年 10 月，后任浙南特委书记的王国桢从第六届广州农民运动讲习所毕业后，以中央农民运动特派员的身份来到温州，负责开展农民运动。在中共温州独立支部的领导下，他深入永嘉上、下河乡（今瓯海三溪、新桥、梧田一带）组织农民协会，宣传先进思想，培养农民运动骨干，推动农民运动发展。在他的影响下，一些农民积极参加党组织领导的活动。

同年12月，王金姆经王国桢介绍正式加入中国共产党。王金姆识字不多，为了学习先进理论知识，他坚持逐字逐句认真阅读党的刊物和革命书籍，遇到不认识的字和不理解的词句，就立刻虚心向同志们请教。日积月累，他逐渐能够读报、写信、作报告。入党后，王金姆与王国桢等一起在永嘉上、下河乡等地，发动群众，组织"雇农会""贫农团""插田会""农会"等农民组织，宣传和实行"二五减租"，进行抗租、抗税、抗丁、抗捐等一系列斗争。

"四一二"反革命政变后，中共温州独立支部遭到严重破坏。温州的国民党右派趁机反扑，组织"清党"委员会，出动大批军警，大肆捕杀共产党员和革命群众，王金姆也成为敌人通缉的主要对象之一。在这样的白色恐怖下，家人和好友都劝王金姆不要再参加革命活动，但王金姆却怎么也割舍不掉这份革命情怀，冒着随时可能被捕的风险，坚持在一线积极参与革命斗争。1927年5月，王金姆顾不上多病的妻子和年幼的女儿，与王国桢一起转到永嘉岙垟垟儿村（今瓯海高翔村）进行农民运动，后又与瑞安县委书记林去病一起，在永（嘉）瑞（安）一带开展地下农民运动。同年12月，他的妻子不幸病故。待王金姆回到家，妻子已去世15天。

王金姆强忍不舍与悲痛，把5岁的女儿托付给弟弟后，又继续投入到革命中去。

二、"伙夫""县委书记"身份接连转换

1928年1月，八七会议精神传达到浙南，为浙南各地的农民运动指明了发展方向，各地纷纷成立农民赤卫队，农民运动热潮袭来。3月中旬，中共浙江省委在上海召开扩大会议，要求进一步贯彻八七会议精神，全面开展农民武装运动。会后，在中央部署和省委、地方党组织的领导下，温州爆发了永嘉、瑞安、平阳三县农民武装暴动，这是浙南历次运动中规模最大的一次。

这次运动中，党组织决定由王金姆负责组织领导，并计划由王金姆到温州城国民党驻军内进行策反，由中共瑞安县委委员施德彰（雷高升）等人到永嘉西楠溪组织千余人的农民武装队伍作为攻城主力。王金姆通过关系成功打入国民党浙保四团特务连内当伙夫，原计划在6月28日夜实行总行动，29日占领温州城。但施德彰等人率领队伍出发时突遇大雨，山洪阻路，他们只能临时改变计划，天亮后再出发，因而延误了时机，走漏了风声，终被反动民团抢先连夜集中，沿途进行拦击堵截。温州城内敌军得到情报，也严加戒备。因此，这次行动没有成功。

1928年8月，中共永嘉县委根据上级指示进行调整后，任命王金姆为县委常委、组织部部长。11月，

他又当选为中共浙南特派员、中共浙江省委候补委员。1929年4月，中共中央决定暂时撤销中共浙江省委建制，在温州等6个重要地区建立中心县委，直属党中央领导，中共永嘉中心县委自此成立，王金姆任县委书记，领导温属各县党的工作。在此期间，他派员到瑞安、平阳等县积极恢复党组织。当时正值"四一二"反革命政变后革命最困难的时期，他历尽艰辛和其他同志一起力挽狂澜，使浙南党组织转危为安。

1929年11月19日，永嘉中心县委在永嘉西内区溪下组建浙南红军游击队，共4个中队，并成立了浙南革命委员会。12月，永嘉中心县委通过决议，成立浙南革命委员会，指派县委委员李振声、施德彰领导工作。浙南革命委员会成立后，中心县委就把准备组织农民暴动、实行土地革命、建立各级苏维埃政权等工作作为最迫切的中心任务。

20世纪20年代末，浙南地区自然灾害频繁，特别是1929年，风虫为虐，水旱频发，庄稼无收，粮价飞涨，哀鸿遍野，民不聊生。12月，中心县委向党中央的报告中提到："温属六县饥民达四十万以上"。在这种情况下，王金姆为首的中心县委于1930年1月发出《为灾荒告民众书》，揭露造成灾害的政治原因，号召农民团结起来，组织武装，建立苏维埃政权。2月1日，王金姆同中央巡视员金贯真一起主持召开永嘉中心县委第二次扩大会议，传达中央关于进一步在农村开展斗争、建立革命根据地、组织红军的指示。此后，他全力投入工作，领导组织农民赤卫队，发展武装力量，配合浙南红军的活动，为浙南红军的扩军作出了贡献。王金姆率领永嘉莲花心村农民赤卫队，组织领导新桥暴动，缴获新桥国民党警察所的武器，还组织瞿溪、永强、梧埏等区的"五一"联合大暴动，发动农民赤卫队和农民群众1万多人游行示威。

1929年4月至1930年6月，王金姆组织召开中共永嘉中心县委一至五次扩大会议，对浙南地区党的建设，中国工农红军第十三军的组建，浙南革命委员会及永嘉、瑞安县革命委员会的建立，起到了关键性的作用。

三、不惧牺牲只为一颗红心

浙南农民运动的蓬勃开展，让国民党反动派当局极为恐慌，因此对共产党的"围剿"越发残酷。1930年7月8日，中共永嘉中心县委在梧田慈湖北村召开会议时被敌探发现，王金姆于下午5时不幸被捕。

敌人对王金姆施以种种酷刑，但他坚贞不屈，在赴刑场的途中，仍高呼革命口号。敌人用麻绳捆住王金姆的嘴巴，他依然含糊地呼喊着，沿途群众无不为之动容。就在被捕的当天晚上8时，王金姆被敌人杀害，年仅28岁。

此后不久，王国桢在给党中央的报告中写道，"我党最坚决的干部王金姆牺牲了"。1930 年 7 月 9 日，浙南特委给党中央的报告中说："永嘉县委书记王金姆之死和其一生的革命成绩，真有不容缄默不彰之概。"

为纪念王金姆，1930 年 7 月 30 日，党中央机关报《红旗日报》发表了题为《我们的死者王金姆》的纪念文章。新中国成立之后，党和人民政府将王金姆烈士的革命遗物陈列于温州革命烈士纪念馆。1985 年，王金姆烈士纪念碑在他的家乡黄屿村落成。

（温州市瓯海区革命老区开发建设促进会供稿，原作者叶斯斯，

郑心怡改编）

叶廷鹏

三攻平阳一双蒲鞋踏烽烟

　　浙江省博物馆的馆藏中，有一双蒲鞋，它的鞋边已经残破不堪，脱线的蒲草一根根翻卷着，简陋而单薄，这是叶廷鹏就义时穿的蒲鞋。叶廷鹏是浙南红军游击根据地的主要创始人之一、浙南农民运动领袖之一，曾经组织领导平阳农盐民进行了三次武装暴动，人们尊称他为"老大哥"。从贫苦农家青年成长为农民运动领袖直至为理想牺牲，他始终坚持信念、对党忠诚，不向恶势力与苦难的命运低头。叶廷鹏的一生，是革命的一生，战斗的一生，光荣的一生。

一、三次攻打平阳县城

　　叶廷鹏（1889—1941），平阳练川乡迎学垟村人，出身贫苦农家，急公好义，敢作敢为。大约在他17岁时，父母因为积劳成疾、贫病交加，先后病故。作为长兄，叶廷鹏挑起了照顾、抚养弟妹的重担，起早摸黑，给地主当雇工，过着饥寒交迫的日子。为生计所迫，他忍痛将双目失明的胞妹月红送到育婴堂抚养。自少年开始，叶廷鹏便深深体会到旧社会压迫剥削制度的不公和百姓生活的不易。

1924年，叶廷鹏35岁时，浙南地区谷物歉收，青黄不接，粮价飞涨，广大人民群众挣扎在死亡线上，地主叶志钦却囤积大批粮食，偷运外地以高价出售，伺机大赚"黑心财"。乡人公推叶廷鹏前往交涉，未果。叶廷鹏遂带领愤怒的饥民拦截地主运往外地的粮食，平价售给缺粮的农民，挽救了一大批贫苦农民的生命。他虽然因此坐班房，却受到了乡亲们的拥护与爱戴。

1926年春，中共温州独立支部的同乡游馥介绍他加入中国共产党，这年叶廷鹏37岁。此后，他毕生为革命而奋斗。同年10月，叶廷鹏当选为万全农民协会（简称"农会"）会长。在农会成立大会上，叶廷鹏说，"农民为什么受穷？就是没有组织起来"，"一根筷子容易折断，扎成一捆就不容易折断了"。他号召农民们"打倒封建势力""实行二五减租""实行耕者有其田"，得到了农民群众的大力支持。

当时，北伐军已经进入浙江，以吴醒玉为首的土豪劣绅，对农民运动怕得要死、恨得要命，叫嚷"党匪不灭，寝食难安"，又雇打手抄了叶廷鹏的家。叶廷鹏马上组织农会进行了反击，大大打击了反动势力的气焰，提高了农会的威望。

"四一二"反革命政变后，平阳的封建势力勾结反革命力量，向革命群众疯狂反扑，全县农会被解散，叶廷鹏等一批中共党员被通缉，白色恐怖笼罩了平阳城。

叶廷鹏不畏惧、不动摇、不气馁、不退缩，坚持革命斗争。1927年6月17日，他与同属平阳县农民协会的张培农、吴信直发动环川300多名农盐民攻打平阳城，没有成功。

1928年6月27日，叶廷鹏带领300多名赤卫队队员攻打平阳城，在负责东路指挥时身先士卒，不幸中弹负伤。第二天，敌人反扑。在敌人的搜捕下，他先后秘密转移7个地方，最后逃到荒无人烟的海岛上，捉青蛙制伤药，捣黄泥敷伤口，拾海藻、挖野菜充饥。

1930年5月24日，红十三军决定攻打平阳城。叶廷鹏和吴信直带领万全、江南农民赤卫队队员600多人配合攻占县署，由于其配合帮助，队伍顺利攻占县署，国民党平阳县县长叶燕荪越墙逃走，红军很快占领了县政府，缴获印信，释放囚犯。但攻打北门城隍庙国民党驻军时，由于人地生疏，领路人又把五显殿错认为城隍庙，带错了路，使队伍扑了空，贻误战机。敌人有了准备，加上敌人援军已到，敌军以有利地形和猛烈火力向红军进行反扑，形势发生逆转。战斗从上午9时持续至下午3时，红十三军军长胡公冕看到大批红军牺牲，下令撤退。但许多被冲散与负伤的红军战士和赤卫队队员被困城中，无法撤离，惨遭杀害。

在这次战斗中，192名红军和赤卫队战士血洒平阳城，遭杀害的无辜群众达 200 多人。攻打平阳虽然失利，但政治影响很大，当年苏联的《真理报》也作了报道。

二、"共产党员是杀不完的！"

20 世纪 30 年代初，由于王明"左"倾冒险主义的错误领导，中共温州中心县委书记朱绍玉、浙南特委书记王国桢被叛徒出卖，英勇就义，中心县委解体。叶廷鹏也受到了反动当局的通缉，多次遭到抄家，但他毅然挑起建立和恢复中共浙南地下党的重任。1932 年 2 月，他联络陈阜、黄先河、陈卓如等革命志士，在平阳县渔塘岭门头陈阜家中成立了中共浙南委员会，并任书记。同时，他变卖家产，购置枪支，组建浙南红军游击队，在平阳北港开辟了一个纵横数十里的秘密工作地区。他一边恢复地方党组织，一边积极寻找上级党组织。经过多年不懈努力，终于在 1936 年夏与中共中央驻上海办事处接上了线，向他们报告中共浙南地下党组织开展武装斗争的情况。时任中共中央驻沪代表冯雪峰和中央特科负责人徐强得到报告后十分兴奋，作了充分肯定并热情赞扬。

叶廷鹏深知建立党组织和发展党员的重要性、紧迫性。为此，他以惊人的毅力，冒着生命危险，跋山涉水，走家串户，致力于发展新党员和重建党组织工作。他经常对贫苦农民、工人们说："共产党员是杀不完的，共产党像一箩菜籽，只要有土地，撒到哪里，就在哪里开花结果。"

在他的努力下，1933 年至 1936 年秋，平阳县麻步、渔塘、岭门头、金呑底、云头垟、樟垟、西山、梅溪、墨城等地建立了 50 多个党支部，成立了下辖平西、平安、江南、小南等 4 个区委的平阳县委和瑞安县委。文成双桂，瑞安仙降、城区、西区及永嘉，永强，玉环等地也建立了党组织。平阳北港和瑞平交界处建立了平瑞游击区，为红军挺进师和中共闽浙边临时省委机关进驻平阳创造了基础条件。他还在温州城内发展了纸伞、印刷等工人支部，有力地领导了当地人民群众开展武装斗争、土地革命。

1936 年 8 月，叶廷鹏得悉红军挺进师到达浙南后，立即与郑海啸等人率领 80 多名游击队员翻山越岭赶到平瑞交界——葛藤湖，迎接粟裕率领的红军挺进师。

不久，刘英也率闽浙边临时省委机关进驻平阳山门大屯。从此，浙南地下党和浙南红军游击队即在刘英、粟裕领导下开展工作，叶廷鹏担任浙南特委委员、农运部长。

1937 年 "七七" 事变后，日本帝国主义全面侵华，国共第二次合作，共同抗日的局面形成。叶廷鹏在党的领导下，又奋不顾身地投入到抗日救亡运动中，宣传党的主张，开展统一战线工作，积极筹措抗日活动经费，向抗校（闽浙边抗日救亡干部学校）输送学员。1939 年 7 月，叶廷鹏应邀参加中共浙江省第一次代表大会，并在会上发言。

1941 年 11 月 5 日，叶廷鹏在平阳县迎学垟村被国民党顽固派逮捕，11 月 11 日在平阳县北港水头街英勇就义。牺牲当天，国民党顽固派意图停止供应他的伙食。叶廷鹏以坚强有力的声调说："共产党员不怕死，怕死的不是共产党员！就算要死也要先吃饱饭！快快拿饭来！"叶廷鹏从容地吃了三大碗饭。临难前，顽固派有意把这位浙南地区共产党负责人、农民闹革命的带头人经水头街押赴刑场，以示他们"杀一儆百"的反革命淫威。可是，叶廷鹏却将此作为揭露国民党顽固派消极抗日、积极反共恶行和宣传支持中国共产党抗日救国主张的好机会。他慷慨激昂，气壮山河，高呼："打倒国民党顽固派蒋介石！打倒日本帝国主义！中国共产党万岁！"国民党顽固派惊慌失措，不等把他押到刑场，就在路上将其杀害，时年 52 岁。

自 1926 年投身革命至 1941 年 11 月不幸被捕牺牲，叶廷鹏组织农会、创建游击区、重建党组织、组织领导攻打平阳城，为反对压迫夺取政权、解放全中国，同国民党反动派进行了殊死斗争。他的精神永远激励着浙南人民。

1953 年，平阳县人民政府为平阳革命死难烈士建立烈士墓，将叶廷鹏的遗骨安放在主位，以供后人缅怀和纪念。

（平阳县革命老区开发建设促进会供稿，郑心怡改编）

嵩江烽火

鄞东首次农协抗暴行动

　　宁波市档案馆珍藏着一张宁（波）绍（兴）台（州）农民协会旗帜的黑白照片，这面旗帜见证了 20 世纪 20 年代风起云涌的农民运动。

　　1926 年 12 月，在嵩江地区燃起农民反暴斗争的烽火。斗争之深入前所未有，有力抗击了土豪劣绅的剥削和压迫，猛烈动摇了宁波封建军阀统治的基础，充分显示了中国共产党领导下的农民阶级在反帝反封建斗争中的重要作用。

一、农会攻下盐局税关

　　1926 年，军阀孙传芳在奉东裘村的翔鹤潭开设盐局，横征暴敛，公开勒索，引起嵩江地区广大民众的极大愤慨。中共宁波地委决定联合各地农民协会领导民众开展抗暴斗争。按照上级指示精神，斗争首先在奉化组织发动。

　　1926 年 12 月 21 日，在宁绍台农民协会办事处指导员卓兰芳的组织下，奉东8村农会决定联合行动。卓兰芳领导奉化忠义区（含松岙、裘村）农民协会，联合鄞东大咸区农民协会，共1000余人，联手攻打裘村翔鹤潭盐局和税关。与此同时，鄞县塘溪沙村支部书记沙文汉率领塘溪的沙村、童村、上周、邹溪4个农会，凌晨翻越黄泥岭古道；宁绍台农民协会办事处第三分区（大咸区）农民运动特派员金绍勋，率领山岩岭农会穿越湖头渡，聚集到翔鹤村将军庙。

天刚亮，农会会员们肩扛土枪，手拿锄头、铁耙、龙刀、稻叉等工具，在卓兰芳、沙文汉、金绍勋的指挥下，大声呐喊，蜂拥而上，冲进盐局。盐局头目见状拔枪威吓，但农会会员们眼明手快，一棍子就将其手枪打落在地，并大声怒吼："放下武器！"民众瞬间将盐局挤得水泄不通，警员面对这样声势浩大的队伍，早已吓破胆子，只得乖乖投降。

在这场行动中，农会收获颇丰，当场缴获8支步枪、1箱子弹，为下一步抗暴行动创造了有利条件。随后农会乘胜追击，攻打了缉私营税关。对峙期间，税警们举枪反抗，农会会员当机立断，一枪击中为首税警的手臂，吓得其他税警纷纷缴械投降。攻下税关后，农会没收了7间盐仓、数百担食盐，并将税关账册、税票全部烧毁，没收的食盐平价供应给当地民众，枪支用来武装农会，钱财转为农会经费，后来盐局和税关由2名共产党员暂时接管。至此，鄞奉农民运动取得了首场斗争的胜利。

二、农民运动如火如荼

1927年元旦，为了迎接北伐大军挺进宁波，鄞奉东部农民协会准备在奉化县城组织宣传北伐革命的活动，不料遭到军阀的百般阻挠，他们将张贴标语的奉化中学生无理扣押。

有鉴于此，中共鄞奉区委下令，由金绍勣带领山岩岭农会，从象山港沿岸赶向奉化江口；沙文汉带领塘溪农会，从菩提岭古道奔向奉化。数千农会会员冲进奉化县城，在广场上开大会，声讨封建官僚贪脏纳贿、欺压民众等罪行，砸烂衙门刑具、收缴巡缉队枪支，游行队伍高呼"欢迎北伐大军""打倒军阀"等口号，为北伐进军宁波扫清了障碍。

同月，鄞县农民协会在宁绍台农民协会办事处主任竺清旦、沙文汉、金绍勣带领下，派出200多位农民包围了军阀孙传芳设在瞻岐的缉私营，缴获全部武器，就地废除苛捐杂税，实行减租减息，打击土豪劣绅，再次取得农会斗争的重大胜利。

1927年3月中旬，沙文汉、金绍勣和舒定山召集沙村、山岩岭和芦浦3个党支部和农会负责人商议，决定打掉球山渡头的一伙恶势力。球山渡头号称军门税关，实际上是军阀在大嵩江上私设的关卡，对过往渔船、盐船敲诈钱财，勒索货物。军阀明目张胆鱼肉人民、横行乡里，老百姓对其恨之入骨，但却敢怒不敢言。

　　1927 年 3 月 24 日凌晨 5 时，天刚蒙蒙亮，在沙文汉、金绍勖、舒定山等人的周密部署下，农会分四路进军。第一路是山岩岭、芦浦农会，100 余人；第二路是球山农会，50 余人；第三路是邹溪、沙村、童村和上周农会，100 余人；还有最后赶到的瞻岐农会，280 余人。四路农会会员齐聚羊球小山旁，沙文汉、金绍勖手持驳壳枪，舒定山手握朴刀，冲在最前面。

　　到达目的地后，随着沙文汉一声令下，20 支土枪齐发，几百人同声高喊"打倒军阀，踏平税关"并把税关围得水泄不通，税警们顾不得反抗，连忙下跪求饶。农会把头目关大郎绑到空地进行批斗，列出数条罪状，然后将他押到宁波北伐军政府处罪。农会烧毁了税关账簿和税票，还把收缴的财物分给百姓；同时，拆除了 3 间房屋，供村民用作消防水龙会。过往船民无不拍手称快，真心实意拥护农会的正义行动。

　　当年大嵩江地区闹灾荒，老百姓吃不饱饭，生活在水深火热之中。由于大部分土地被恶僧、地主霸占，没有土地的农民只能租种他们的土地，辛苦劳作到头来粮食歉收、年年欠债。恶僧和地主不但屯粮存米，还与官府勾结，强迫农民交租还债，寺庙的看门狗都留有狗粮，农民们却食不果腹。

　　沙文汉、金绍勖深知百姓疾苦，立即着手研究斗争策略。在党支部领导下，大嵩江地区各村农会掀起了减租减债、救济灾民的行动，其间遭到反动僧人的无情抵制。于是，塘溪农会清算了宝庆寺屯粮盘剥，山岩岭农会和芦浦农会捣毁了同隐庵粮库，把粮食分发给饥民，把土地平分给百姓。大嵩江地区大范围开展分地、分田、分山活动，赢得老百姓的广泛称赞，高呼"拥护共产党""一切权利归农会"。

后来，又有很多农民纷纷报名入会，宁波农民运动如火如荼开展。这场在嵩江地区燃起的反暴革命烽火，先后持续3个多月，增强了广大民众革命必胜的信心，展示了中国共产党领导下的农民协会联合行动的胜利成果。

（宁波市鄞州区革命老区开发建设促进会供稿，周晚改编）

亭旁起义

浙江红旗第一飘

台州市三门县亭旁镇①，建有一个初心广场，"浙江红旗第一飘"的雕塑赫然耸立。1928 年 5 月，包定等革命先烈发动了武装反抗国民党反动统治的亭旁起义，在此升起浙江省第一面绣有镰刀斧头的共产党党旗，建立起浙江省第一个苏维埃政权，"浙江红旗第一飘"由此得名。

一、革命火种燎原浙东小城

20 世纪 20 年代初，在大革命高潮的影响下，宁海许多进步青年远赴上海求学，蒋如琮、林淡秋、潘天寿、俞岳、王育和等先后进入了我党创办的上海大学，接受马克思主义思想的洗礼，从 1925 年开始陆续加入中国共产党，成立"宁海旅沪学会"，并于 1926 年 9 月，回乡创办了宁海中学。

宁海中学创立之初，蒋如琮、范金镳、邬桂庭、王

---

① 亭旁、海游、珠岙、高枧时属宁海县。

浙江红旗第一飘

育和等党员便在此建立了中共宁海中学支部。这是当时台州六县中第一个中共党支部。

1927年5月，中共临海特别支部委派林迪生来宁海负责党的工作，同来的还有中共党员邬逸民等。其间，林迪生介绍亭旁的包定、叶信庄等来宁海中学工作，两人来校不久就加入了共产党。1927年夏，赵平复（柔石）受邀到宁海中学任教。3月初在临海特别支部指导下成立中共宁海县支部，7月改为中共宁海临时县委，邬逸民任书记，包定任委员。

根据八七会议精神和当时浙江省委把"复兴和发展革命事业的工作重点由城市转到农村"的指示精神，宁海临时县委决定，在坚持宁海中学这块核心阵地的同时，把工作重点逐步转向农村，组织农民协会发展农民党员。

1928年1月22日，中共亭旁区委和共青团亭旁区委成立，包定兼任区委书记，邵茂藩任共青团亭旁区委书记。同月，珠岙党团区委成立，叶其蓁担任中共珠岙区委书记，郑金山、陈祥为委员，陈祥兼任团区委书记。亭旁区党团员发展迅速，到3月，有党员320名，团员230名。

1928年3月，省委决定将宁海临时县委改为正式县委，卢经训为书记，包定等7人为常委。此时，宁海县委已有城郊、亭旁、珠岙、海游4个区委，包括高枧、桑洲等地在内的39个党支部，600多名党员。至5月，党支部发展到70多个，党员900多名。其中亭旁地区党团员有700多名，重要小学都由共产党员掌握。

二、农民运动蓬勃兴起

亭旁多贫瘠山地，土地绝大多数掌握在地主豪绅手中，苛捐杂税多，贫苦农民积怨深。包定、包昭光、包昭华等人秘密建立"壁虎社"，开展党团活动，向广大农民宣传革命道理。1927年农历十月底，包家村农会在包家祠堂率先成立，而后亭旁"五庄"范围内各村很快都成立了农会。

党领导农会开展斗争，提出"二五"减租、减息、短工加工资等要求，亭旁农会还建立起百余人的武装队伍。与此同时，珠岙农会迅速发展，到 1928 年 5 月，已有千余人入会，并组建了一支 200 多人的武装队伍。

随着农民运动的蓬勃发展，地主豪绅的切身利益和社会地位受到了严重影响。于是，他们惶恐不安、互相联络、密谋策划、动手对付，最典型的就是"南溪事件"。

南溪村族长梅长恕把持着族田的管理权，长期私吞族田的收入。村民不满，要求公开管理族田，但屡遭拒绝。1928 年 4 月 5 日清明节，梅长恕借宗亲在他家喝"清明酒"之际，竟开枪打伤与其据理力争的梅其慎。6 日晚上，被激怒的村民和农会会员包围了梅长恕的宅院，包定赶去协调无果，随后发生枪战。8 日下午，梅长恕爬窗出逃，向国民党政府求援。"南溪事件"由此成为亭旁起义的导火索。

1928 年 3 月 14 日至 16 日，中共浙江省委在上海召开扩大会议，确定了浙江党组织工作的 6 项任务，以武装暴动推翻国民党反动统治、建立苏维埃政权为工作总目标。3 月 24 日，省委出台《关于台属六县工作决议案》，明确提出"浙江党的工作之前途，仍是武装暴动夺取政权的前途"，希望各地党组织利用"春荒"时节，发动农民斗争，以便更快发展游击战争。

1928 年 3 月下旬，省委派王瘦竹到宁海，召开宁海全县各区支部代表会议，传达了中央和省委会议精神，计划秋收时在亭旁举行起义，并与天台、临海、奉化各县取得联系，以期建立浙东革命根据地和苏维埃政权。

为此，中共宁海县委调整了亭旁党团区委领导班子，由县委常委包定负责亭旁区工作，要求从一般经济斗争，迅速转到准备秋收起义上来。5月上旬，中共浙南特派员管容德到宁海指导工作，认为起义时机已经成熟。根据管容德的调查和建议，省委决定在宁海亭旁组织武装暴动，并准备"以游击战争的方式，造成乡村割据的局面"。但是，宁海县委蒋如琼、包定等同志认为条件尚未成熟，对暴动有疑虑。后由于"南溪事件"的发生，县委最终选择提前起义。

三、浙江第一个苏维埃政权诞生

1928年5月20日夜，包定主持在谷仓岭头召开有亭旁、海游、珠岙、桑洲四区武装人员约250人参加的起义预备会议，商定起义事项。22日，向临海，天台及宁海的珠岙、梅林等地派出交通员，要求迅速做好起义准备。

5月23日夜11时，180名武装农民在丹邱寺集中编队后，在包定指挥下，分四路向任家村出发，包围攻打土豪劣绅任升初、任禹玉、任友端3家大院。任升初、任友端潜逃，愤怒的农民武装一把火烧了任友端的宅子。"任家事件"揭开了亭旁起义的序幕。

1928年5月24日上午，管容德、杨毅卿、包定在南溪召集亭旁区党、团会议，决定正式成立亭旁区革命

亭旁区苏维埃成立大会旧址——城隍庙

委员会及红军指挥部，由包定任革命委员会主席兼红军总指挥，梅法金、任畴任副总指挥，革委会下设军事、总务、财政、运输、交通五部。会议还讨论了正式编制军队、军队集中亭旁抓捕反动豪绅地主、没收其财产、焚烧其契据、召集农民大会、宣布土地革命、成立苏维埃政府等12条方案，由杨毅卿向宁海县委报告。5月25日上午，中共宁海县委书记卢经训和特派委员杨毅卿到亭旁举行党团亭旁区会议，宣布起义方案。5月25日夜，亭旁大雨。手持长矛、大刀、斧头及少数土枪的224名武装农民集中在丹邱寺，红军干部左臂缠上红布，战士在衣襟挂起红布条。

　　1928年5月26日拂晓，红军向亭旁进军，土豪劣

绅已闻风逃遁，红军未经战斗即占领亭旁。县委在城隍
庙召开群众大会，宣布成立苏维埃政权——亭旁革命委
员会，升起第一面绣有镰刀斧头的共产党党旗。革委会
宣布实行共产革命，焚烧契据，没收地主豪绅土地，建
立苏维埃政权，并出示公告，逮捕反动豪绅，向一般地
主派粮派捐，收缴枪支。接着，农民武装在亭旁街举行
了盛大的游行示威活动。

与此同时，周边各地纷纷呼应，珠岙、桑洲、前童，
天台洪畴、欢岙，临海大田、两头门等地千余武装农民
汇集珠岙街，在珠岙叶家祠堂举行集会，一致推选陈祥
为珠岙路红军临时总司令，支援亭旁起义。宁海桥头胡、
梅林等地数百农民武装在团空山集会，呼应亭旁暴动。

四、为有牺牲多壮志

国民党宁海县县长黄懿范得知起义消息后，一边密
令南乡驻军侦察追缉，一边电求国民党省政府、省防军
司令部增兵"围剿"。5 月 26 日，国民党驻海门的省
防军第五团、驻临海的国民党军在临海车口、东塍等地
集结，驻宁海、海游的省防军也快速行动。形势随之急
转，刚建立的亭旁红色政权处在四面夹击之中。

1928 年 5 月 26 日下午 4 时，革委会召开"紧急会
议"，决定组织精干力量分别向南溪、湫水岙两个方向
渐次撤退，扼险阻击。27 日黎明，敌军进占亭旁。撤
出的红军在陌更、虎陇头、马攀山头等险要处与追敌战

斗，由于腹背受敌，7人牺牲，2人被捕。红军阻击数日后，分路撤入大尖山和漱水岙，坚持近一个月后，终因弹尽粮绝，最后解散。

国民党反动派对参加起义的党团员和革命群众实行了残酷镇压，红军战士胡老邓和联络员王孝足于5月27日被捕后，当日下午即被反动派在亭旁街砍头示众。王显时于当年10月被捕，第二天即被毒打致死。包定、陈祥、任畴、梅其彬、叶信庄、邵茂藩、包昭光、梅其广等也相继被捕，被关押在浙江陆军监狱。他们受尽敌人酷刑，但始终坚贞不屈、坚持共产主义信念，最后壮烈牺牲，最小的才19岁，最大的也只有32岁。

亭旁起义虽然因为敌我力量悬殊最终失败，但影响深远。作为革命低潮时期大规模开展土地革命和武装割据的初始实践，建立了浙江省第一个苏维埃政权，创建了红军，沉重打击了国民党在浙东农村的反动统治，鼓舞了广大劳苦大众开展革命的信心。

党中央高度评价亭旁起义，指出"这次亭旁党部能够利用农民生活最痛苦时期（青黄不接时期），发动当地农民平粜、抗捐、抗麦及加资的斗争，并且根据当时群众斗争要求与情绪，聚集农民武装用游击斗争方式去追求群众斗争的扩大与发展，中央认为是必要而且正确的策略"。

（作者李良福）

周 定

建设苏维埃政府的践行者

在浙南山区的温州文成县，有一座周定纪念文化广场，人们常来这里缅怀为文成埋下革命火种而牺牲的周定同志。他短暂的一生，是追求进步、艰苦奋斗的一生，他为工农兵武装暴动、夺取政权、建设苏维埃政府付出了自己的鲜血与生命。

一、革命春风，吹入心中

1897 年 11 月，周定出生在文成县西坑镇鳌里村的一个地主家庭，从南屏小学毕业后，以优异的成绩考入浙江第十一中学（现丽水中学），后转入浙江省第十中学（现温州中学）就读。当时正是"五四"运动爆发时期，周定深受民主、科学和反帝反封建思想的影响。1919 年，周定考入国立北京俄文法政专门学校。由于该校学习俄文，俄国十月革命的春风较早地吹进了校门，吹入周定心中，他接受了共产主义思想，思考着中国的命运。

周定烈士纪念馆

1924年大学毕业后，深受反帝反封建思想、马克思主义思想熏陶的周定回到家乡鳌里，在南屏小学担任国文教师，后任校长，为传播进步思想不断奋斗。他努力推动教材改革，将《白话文范》作为主要教材，以白话文代替文言文；他提倡讲普通话，特别要求教师在授课时不能讲方言；他倡导男女平等，打破封建桎梏，男女同班同桌，女生减免学费。他开办农民夜校、开展扫盲运动，组织农村妇女学编麦秆帽增加收入，以此提高妇女地位；他给富家子弟上贫富平等教育课，批判以富欺贫思想。

其中，影响最大的是开展"减租减息"斗争。周定首先从自家开始，说服父母减租减息做表率，再去说服其他开明地主，但因为势单力薄，以失败而告终。

二、投身革命，心怀大义

周定虽回家办学，但一直与参与革命的同学保持密切联系。革命的消息时刻牵动着这位爱国知识青年的心，也让他意识到只有共产党才能救中国，于是毅然辞去校长职务投身革命。1926 年农历正月初二，周定奔赴上海，在同学的推荐下加入中国共产党。

1927 年，震惊中外的"四一二"反革命政变爆发。当时被派往江西工作的周定几经周折来到汉口，向党中央汇报了江西的情况。随后，周定被中央派回浙江帮助省委工作，当时浙江省委机关被严重破坏，国民党大肆捕杀共产党人。

9 月下旬，中央特派员王若飞到浙江，传达八七会议的各项决议和新政策的要点，并帮助改组浙江省委。10 月底，改组后的浙江省委制定了《浙东暴动计划》，准备于 11 月 28 日以象山港、上虞为中心举行暴动，而后扩大到温州。11 月初，省委常委、组织部主任王家谟和省委特派员郑敬衡、周定携带《浙东暴动计划》分别到浙东、浙南为暴动作准备，并让周定先回温州。

一天晚上，周定接到王家谟的两封信，催促赴温举事。他首先做夫人刘富堤的思想工作，并强调时间紧迫。刘富堤深感不舍却又无可奈何，只能含泪同意。在得到夫人支持之后，周定召开了家庭会议，动之以情，晓之以理："阿爸、阿妈、嫂嫂，我请你们过来有一事相告。数日来我有隐忧之事，持疑不决，本想瞒着你们一走了之，但因父母养育之恩、妻嫂叔侄之情，使我不能抹掉良心辜负大家，今天只有公开说了。明天我就要到温州去商议大事，这是惊天动地的事，说不定有去无回，望大家不要以我为念……"说到这里，他忍不住落泪。这个消息如晴天霹雳，父母尤为震惊，无法接受，全家哭成一团。经过兄嫂和周定的耐心劝说，深明大义的周母最终同意让他启程。

三、泄密被捕，无畏赴死

周定做通了家人的工作后火速动身，来到温州东门外高殿下蔡万兴客栈准备与王家谟接头。但他不知道的是，因叛徒出卖，中共浙江省委机关遭到敌人破坏，搜去了全省党组织名册和《浙东暴动计划》。敌人派出大批特务，搜捕王家谟、周定等暴动领导人，温州街头巷尾明岗暗哨网布。

国民党温州党部在接到省党部捉拿周定3人的电讯后，早已将蔡万兴客栈团团围住，周定刚到达就被逮捕。随后王家谟、郑敬衡也相继被捕。

时任国民党驻温省防军第四团团长、永嘉县（温州）党部司令官甘清池得知3人被捕，异常开心。他一方面急忙向浙江省党部禀报，另一方面严加审讯。他将王家谟、周定、郑敬衡分别关押，先利诱，再威逼，辣椒水、老虎凳，所有刑具都用上了，但仍无济于事。周

周定烈士雕像

定心里明白，青田、丽水以及"温独支"的党员真名与详细联系地址都在他脑子里，这关系到上百名共产党员的性命。多少次被折磨得死去活来，他也只有一句话："不知道！"

审讯3天后，敌人一无所获，甘清池无计可施只得向省党部报告，反动当局决定将3位已逮捕的共产党人立即枪杀。

11月18日上午，监狱周围军警荷枪实弹，从监狱到东门沿街路口，三步一岗五步一哨，从打锣桥到县前头防守更为严密。10时左右，一队全副武装的国民党军警中夹着三辆黄包车向紫福山驶去，王家谟被反剪双臂坐在第一辆囚车上，后面是周定和郑敬衡。3人面无惧色，在囚车上一路高喊："共产党万岁，打倒蒋介石，打倒土豪劣绅……"直至刑场，仍喊声不断，响彻云霄。随着反动军警的几声枪响，周定3人在温州紫福山麓刑场壮烈牺牲。

烈士牺牲已近百年，但他们坚定的革命理想、崇高的革命气节、不怕牺牲的革命精神从未远离，鼓舞着一代又一代的文成人民。

（文成县革命老区开发建设促进会供稿，周晚改编）

赵 刚

中国铁路工人运动先行者

　　一寸山河一寸血，一抔热土一抔魂。在中国共产党的百年奋斗征程中，无数英雄烈士用自己的鲜血，换来了革命的伟大胜利，换来了祖国的山河无恙。

　　中国共产党领导的铁路工人运动是中国工人运动的摇篮。其中，沪杭甬铁路工人运动发轫之早、持续时间之长，在党史上留下了光辉篇章。沪杭甬铁路工人运动中有一位英雄，他来自温州文成，是乡亲们眼中的好先生，更是家乡第一位共产党员。他就是赵刚烈士。

一、文成首位共产党员，中国铁路工人运动先行者

　　赵刚（1887—1930），出生于大峃镇龙川（原属瑞安县嘉义乡）上村。赵氏是当地望族，赵刚又是家中长子，7岁便入家族"赵同春私塾"接受良好的传统教育。1906年，赵刚考入浙江铁路学校（浙江高等工业学校前身），在杭州受到民主革命思想的启蒙。

　　1909年初，因痛恨社会黑暗，赵刚立志以教育启

发民众觉悟，毕业后回到原籍，在龙川高等小学堂任教。据龙川的赵雍老先生回忆："别人教书是站着讲，或坐着讲，赵刚是坐着将腿盘在椅子上讲，这是他教书的特色。他娓娓道来，学生很爱听，都称他是好先生。"

1917年，赵刚经朋友介绍参加了全国铁路货运业务短训班，结业后被分配到津浦铁路天津站工作。之后不久，赵刚被派往沪杭甬铁路上海南站工作。1920年7月，赵刚积极参加沪宁、沪杭甬铁路的罢工斗争。同年11月，上海第一个产业工会——机器工会成立，机器工会的革命宣传更加坚定了他谋求工人解放、从事工人运动的决心。1921年，赵刚调到杭州工作，先后在南星桥、城站、艮山门等火车站任行李房司磅员。

1921年7月，中国共产党第一次全国代表大会在上海召开，宣告中国共产党的成立。党的第一个决议明确，党在当前的"基本任务是成立产业工会"，"党应在工会里灌输阶级斗争的精神"，要派党员到工会去工作。赵刚接触马列主义书报，参加一系列工人运动，阶级觉悟日益提高，认识到只有共产党才能救中国。

1925年，赵刚加入中国共产党，成为其家乡文成县历史上第一位共产党员，不久后担任艮山门车站党总支书记。赵刚在艮山门站负责铁路货运行李清点工作，借工作之便，为党组织运送从上海到杭州的党内刊物和各种宣传资料。当时他住在艮山门站西面一片僻静的竹林深处，家里也就成了革命活动秘密交通点。妻子林莲

赵刚烈士纪念馆

花一直默默协助和支持丈夫的工作，每逢党组织在家里活动，她就怀抱幼儿在门口放哨，用幼儿的哭声为警示信号以保证党组织安全活动。

1927年，赵刚参与组织工人"铁道兵团"，配合北伐军光复杭州；"沪杭甬铁路总工会"成立，他参与大会各项工作，被选为候补执行委员；国民党右派控制的"杭州职工联合会"，突然袭击杭州总工会，他力主反击。3月31日起，沪杭甬铁路大罢工，沪杭甬铁路运输全部瘫痪，给国民党右派以有力反击，迫使当局做出让步。

1927年，蒋介石发动"四一二"反革命政变后，大肆搜捕、杀害共产党人和革命群众。6月，中共杭县县委成立，赵刚临危受命担任县委书记。他认真整顿"四一二"反革命政变中被敌人破坏的组织，重新发展党员，积蓄革命力量。

二、在家乡播撒革命火种

中共中央从大革命失败的惨痛教训中，认识到武装斗争的重要性。沪杭甬铁路是当时中共中央的重要联络干线。赵刚在中央军委指示下秘密组织武器装备收运工作，方志敏、王若飞等党的领导人多次在他家中落脚和开展革命活动。

当时赵刚在杭州的革命工作已经非常忙碌，但他对全省党的工作同样积极参与，全力支持。省委实施《浙东暴动计划》时，周定、郑敬衡为特派员，在离开杭州前都会到赵刚家，他的家成了革命工作联络站。

1928 年 3 月，浙江省委扩大会议在上海召开，号召群众进行武装斗争，推翻国民党反动统治，实行土地革命，建立苏维埃政权。赵刚认为这项工作要从农村抓起。当时杭州的白色恐怖愈演愈烈，赵刚遵照中央指示，以探亲的名义回到文成老家发动农民运动。在赵氏大宗祠擂响祠堂鼓，他召集 600 多名群众，宣传"推翻剥削制度，当土地的主人"的革命道理，像一声春雷震动了封闭而沉闷的山乡。他还到周边的中堡、金山、岚岩、大岙、樟台、公阳等乡村召开群众大会，号召农民起来暴动，将革命的火种播撒在家乡土地上。

赵刚的一位至亲劝他："你在铁路部门工作够吃够用，何必冒险干革命？"赵刚回答："现在社会不平等，苦的人苦死，享福的人享福死，干革命是为了推翻反动政府，拯救劳苦大众，让全国人民都能过上好日子。"他还安慰妻子说："人总有一死，我不死，你不死，革命怎么成功？只要将来全国人民过上幸福生活，我即使死了也是甘愿的。"

三、被捕牺牲，革命烈士浩气长留人间

1929 年 3 月，赵刚在准备策动杭县巡查大队第七中队兵变时，因有人叛变不幸被捕，后被国民党浙江省高等法院判处 15 年徒刑。在狱中，赵刚与中共浙江省委书记徐英、浙江省委代理书记罗学瓒、曾任上海地方兼江浙区执行委员会委员长的徐梅坤等核心党员骨干建立狱中特别支部，秘密创办《盆报》、编辑《火花》《洋铁碗》等宣传资料，坚持斗争。

国民党反动派为报复中央红军进攻长沙和各地此起彼伏的武装暴动，在全国范围内采取镇压行动，被囚禁在狱中的共产党员未能幸免。1930 年 8 月 27 日，赵刚英勇就义，时年 43 岁。

得知赵刚遇害的消息，铁路工人们和他的至亲好友都悲痛万分，大家不怕反动派的威胁，为赵刚举行了殡葬仪式，并运棺回乡，安葬在文成双垟大发垟。

1956 年，国务院批准赵刚为革命烈士。赵刚英勇奋斗的精神和视死如归的气节长留人间，将永远激励着文成人民勇往直前，创造更加灿烂的未来。

（文成县革命老区开发建设促进会供稿，周晚改编）

裘古怀

我满意我为真理而死

　　革命斗争时期，英雄们前赴后继，将生死置之度外，即使被捕入狱，依然为党的事业奋斗，至死方休。裘古怀便是这样的一位先烈，他将自己的一生都奉献给了他所信仰的真理，为了国家，为了人民，将自己年轻的生命定格在了 25 岁。

一、弃笔从戎，骁勇无比的"虎胆英雄"

　　1905 年，裘古怀出生于浙江省奉化县松岙镇大埠村一个贫苦农民家庭。学生时代的裘古怀就表现出坚强的性格和爱国的热情。16 岁时，他以优异成绩考入浙江省立第四师范学校，这是当时宁波市的最高学府。就读期间，裘古怀接触到了马克思列宁主义，并逐渐确立了自己的共产主义信仰。他曾在日记中写道："与《中国青年》为良友，它有激励我去勤学，尤喜读恽代英、萧楚女的文章。"他还对同学们说，"男儿应志在四方，为国捐躯"。

"五卅"惨案后，宁波和全国各地一样，燃起了反帝斗争的熊熊烈火。裘古怀在中共宁波支部的领导下，重建了宁波学生联合会，并担任副会长，带领学生抗议，反对帝国主义残杀中国人民的暴行。1925 年 11 月，他毅然卖掉了所有家当，弃笔从戎，报考了黄埔军校。他说："为了救国救民，为了革命，生命也可献出去，还舍不下什么'财产'吗？"裘古怀带着换来的学费，远赴广东，进入黄埔军校学习，从此翻开了人生新的篇章。

1926 年裘古怀加入中国共产党，同年 7 月受派到国民革命军第四军叶挺独立团，从事宣传工作，后随部队出师北伐。征途中，他作战勇猛，在汀泗桥、贺胜桥、武昌城等战斗中，不惜冒着敌人的枪林弹雨带头攻城，被誉为"虎胆英雄"。

1927 年 8 月，裘古怀参加了南昌起义，因负伤，脱离部队后辗转回宁波隐蔽养伤，后开始从事秘密斗争。次年 2 月，裘古怀出任共青团萧山县委书记，4 月任中共浙西特委委员，5 月任特委常委，8 月组织兰溪秋收暴动，任共青团省委常委，后任代理书记。

二、不幸被捕，狱中建立特别党支部

1929 年 1 月 16 日，因被叛徒出卖，裘古怀在杭州被捕，被关押在浙江陆军监狱。从被捕到被害，裘古怀在监牢中一共度过了 1 年零 7 个月。在这段时间里，他

裘古怀（前排左五）与狱中难友合影

带领狱友与敌人展开了不屈不挠的斗争，即使被铐上重重的脚镣，即便多次遭受军棍、军鞭毒打，他也从未屈服半分。狱友们都称他为"硬骨头"。

在狱中，裘古怀联合革命志士秘密成立了中国共产党狱中特别支部，并担任宣传委员。也因为他的到来，这座原本死气沉沉的"地狱"，变成了革命者们斗志昂扬的战斗场地。裘古怀与战友们一起坚持狱中斗争，为狱中的难友们争取到更多权利，提高了他们的文化水平和政治觉悟，坚定了他们的革命信念。

一次，狱中特别支部发动全体难友签名，要求监狱归还入狱时抄去的钱财。看守长不但不予同意，反而召集会议辱骂全体难友，想用"杀一儆百"的手段加以镇压。当时裘古怀就站出来抗争，监狱当局不由分说，就把他拖了出去，剥光衣服，吊在柱子上，用藤条狠狠鞭打。裘古怀被打得遍体鳞伤，但他毫不示弱，严酷的刑罚也无法让他屈服。敌人甚至将他拖向刑场，以死亡来恐吓他。这时同狱的难友提出强烈抗议：这是大家的正当要求，与裘古怀无关，要杀就杀我们！监狱当局为避免事态扩大，只好将裘古怀放回，并答应把大家的钱立为存折，可以按需购买生活用品。裘古怀不仅以实际行动取得了斗争的胜利，而且团结了狱友，为狱中斗争打下了良好的基础。

作为特支宣传委员，裘古怀还编写了扫盲教材，帮助狱友提高认知和文化水平。短短一年时间，裘古怀等人就在监狱中创办了两种刊物，《火花》和《洋铁碗》。《火花》是专门办给党内人士看的，而《洋铁碗》是给非党群众看的。这两个刊物是我党在狱中创办的最早的刊物，早于《挺进报》十多年。

三、狱中绝笔，"我满意我为真理而死"

1930年8月，中国工农红军攻打长沙之后，反动派开始疯狂报复，密令各地监狱残害共产党员。裘古怀看到狱友们一个个被带走，深知不久之后自己也会走到生命的尽头。

8月27日，国民党在浙江陆军监狱一次性杀害了18名共产党员。裘古怀等革命者激昂的口号声震撼刑场，凄厉的枪声传来，一批又一批战友倒在血泊中，全监难友群情激愤，国际歌和囚徒歌响彻整座监狱……在这悲壮的时刻，裘古怀面对死亡，从容地伏在牢房地上写下了这封给党和同志们的信。

伟大的中国共产党和全体亲爱的同志们：

当我在写这封信的时候，国民党匪徒正在秘密疯狂地屠杀着我们的同志，被判重刑的或无期徒刑的同志，差不多全被迫害了！几分钟以后，我也会遭到同样被迫害的命运。

伟大的党！亲爱的同志们！我非常感激你们。由于党给我的教育，使我认识了这社会的黑暗，使我认识了革命，使我成为一个有生命的人，现在在这最后一刹那，我向伟大的党和你们致以最崇高的敬礼！

我满意我为真理而死！遗憾的是自己过去的工作做得太少，想补做已经来不及了。在监狱里，看到每一个同志在就义时都没有任何一点惧怕，他们差不多都是像去完成工作一样跨出牢笼的，他们没有玷辱过我们伟大的党、光荣的党。现在我还未死，我要说出我心中最后的几句话，这就是希望党要百倍地扩大工农红军；血的经验证明，没有强大的武装，要想革命成功，实在是不可能的。同志们，壮大我们的革命武装力量争取胜利吧！胜利的时候，请你们不要忘记我们！

裘古怀

八月二十七日

临刑前，裘古怀神态自如，和难友们握手一一道别。他迈出牢房，走到铁门口，双手握住铁栅，豪迈地向难友们说："同志们，永别了！希望你们踏着我们的血迹继续前进！"年仅 25 岁的他英勇就义。

（浙江革命烈士纪念馆供稿，原作者顾莹，周晚改编）

刘 英

一片赤心点燃浙南大地

　　1939 年 7 月 21 日，中共浙江省第一次代表大会在浙南平阳县凤卧乡的冠尖和马头岗两地召开。浙江省党组织的领导集体通过第一次代表大会，审时度势、谋划未来、统一思想、提高认识，有力地推动了革命事业的发展。主持会议的是时任中共浙江省委书记刘英，他与出席大会的其他 25 名代表一道，代表全省近 2 万名共产党员的共同理想和期盼，聚集在平阳这片红色土地上，在党的领导下共同开启浙江革命事业的新征程。

一、卓越奋进，百炼成钢

　　刘英生于贫困之家，早年上学艰难，13 岁时，他以优异成绩毕业于群德小学，毕业后仍坚持自学。他从小就被父母教育要热爱国家、关心人民，正如刘英参加革命时写下的诗："幼时不知路，今日上坦途。赤心献革命，决然无返顾。"命运的转折点出现在 1929 年，毛泽东、朱德率领的中国工农红军第四军进驻瑞金县城。同年 4 月，刘英参加中国工农红军，踏上了披荆斩棘的革命道路。

在中央苏区，刘英曾随毛泽东参与东征漳州的战斗和五次反"围剿"斗争。在枪林弹雨中，他顶住伤痛，始终坚持迎难而上、挺身而出，屡次奋勇杀敌。他在战斗中不怕牺牲、冲锋陷阵，同时展现出独特的指挥才能和沉着应对的智慧。而后，刘英因卓越的军事才华不断升迁，成为一名优秀的红军高级将领。

1935 年 1 月，红军北上抗日先遣队在江西省怀玉山被兵力十倍于己的国民党军队包围截击。突围后，根据党中央指示，以突围部队为基础，组建中国工农红军挺进师，粟裕任师长，刘英任政委，深入浙江开展游击战争，开辟与发展革命根据地。1935 年秋，刘英、粟裕率领红军挺进师进入平阳，并于次年在瑞安、平阳交界的葛藤湖与浙南红军游击队会师。在平阳，刘英全面开展党的工作，壮大了党组织和党的力量。平阳的每一个角落，都有他的足迹，他流下的每一滴汗水，都彰显其为实现共产主义而奋斗的决心。在闽浙边临时省委领导下，浙南人民革命委员会于 1936 年秋成立，下辖平阳、福鼎等 6 县人民革命委员会。1937 年 2 月，刘英率领中共闽浙边临时省委机关进入平阳北港。在此后的两年时间里，平阳北港成为党在闽浙边区活动的中心。1938 年 5 月 7 日，根据中共中央东南局决定，刘英在平阳凤卧乡玉青岩村主持召开临时省委扩大会议，宣布撤销闽浙边临时省委，成立中共浙江临时省委，刘英出任书记。此后，浙江省的党组织发展壮大，设立特委、县委，党员从不到 500 名发展至近 2 万名。

二、奠定基础，推动党组织的发展壮大

为迎接原定于 1940 年召开的中共七大，中共浙江省委于 1939 年 7 月 21 日至 30 日，在平阳凤卧乡冠尖和马头岗胜利召开了中共浙江省第一次党代会。这次省党代会在刘英主持下，正确贯彻执行了党的六届六中全会的决议和周恩来同志的指示，全面总结了抗战以来浙江党组织的工作成绩及经验教训，通过了《目前形势与浙江党的任务》等决议和《告浙江全省同胞书》等文件。刘英在会上先后作了政治报告和抗战两年来浙江工作的总结报告。大会以无记名投票方式选举产生了以刘英为书记、由 9 名省委委员和 2 名省委候补委员组成的新省委，并推选出 12 名出席党的第七次代表大会的代表和 3 名候补代表，刘英为代表团团长。中共浙江省第一次党代会，是新民主主义革命时期浙江省的党组织召开的唯一一次全省党员代表大会，是浙江省的党组织历史上重要的里程碑。它的胜利召开，使浙江省的党组织团结成一个统一领导核心——浙江省委，形成了抗日民族统一战线，为组织发动群众、开展抗日救亡运动奠定了基础，对整个浙江的革命斗争影响深远。

刘英重视培养干部，举办抗日军政干部培训班并亲

自讲课，培养出一批又一批优秀的干部，为革命事业输送源源不断的力量。他积极推动统一战线工作，鼓励社会各界支持抗日事业。刘英善于开展群众工作，想方设法和群众打成一片，为了革命工作联系群众，他决心克服语言上的困难，调了两名会讲普通话的本地干部在身边当翻译，向他们学习本地话，还给本地话注上普通话，一一对照、反复背诵练习。后来他不仅能听懂，而且还能用本地话与群众进行简单的交谈，留下了许多与群众交往的趣闻轶事。每到一地，刘英便会寻找当地的代表人物开座谈会，一方面宣传党的政策，另一方面做社会调查工作。他亲手书写标语，与群众亲近交流，勉励部下积极参与农田劳动、为群众服务，展示了共产党人的真挚情怀。红军指战员及抗日救亡干部学校的师生们在他的带领下，除积极学习政治、军事、文化课程外，白天主动帮助农民种地干活、访贫问苦，晚上在凤林、山门等地的村口搭台为群众演"红军戏"，开展宣传工作。他挥洒着汗水，带领同志们为党的事业努力奋斗。

三、赤心献革命，决然无返顾

历史风云变幻，革命道路上充满曲折。1942 年 2 月 8 日，由于叛徒出卖，刘英被国民党特务逮捕。尽管处在生死关头，他的革命信念不曾动摇。在牢狱中，他不屈不挠，为党工作，扮演革命使者的角色，传播抗日民族统一战线的理念。随着日军不断向南推进，国民党浙江省政府亟需往南迁移，5 月 17 日，蒋介石自重庆发来急电，下令从速处决刘英。1942 年 5 月 18 日，刘英被押解至永康方岩马头山麓，不屈的革命先锋倒在国民党的枪口之下。直至生命的最后一刻，他毫不犹豫、毫不退缩，带着对党和人民的无限忠诚，带着对革命的坚定信仰，壮烈牺牲，年仅 37 岁。

刘英的一生充满了无畏的斗争，他把生命奉献给伟大的事业，用鲜血染红了祖国的疆土，将名字镌刻在历史的长卷上。毛泽东曾深情地说，刘英"为人民而牺牲，人民就会永远纪念他"。

刘英的精神将永远激励着我们不断前行，为实现中华民族的伟大复兴贡献一份力量。

（平阳县革命老区开发建设促进会供稿，郑心怡改编）

郑海啸

牢筑后勤防线保卫革命火种

　　温州平阳县凤卧镇凤林村，群山环抱，树木林立，被誉为"浙江第一红色村庄"，是一片星火燎原的红色沃土。浙南红军在平阳留下了无数光荣奋斗的故事。在这一切背后，少不了在后方保卫"革命火种"，肩负着中共浙江省委和红军挺进师后勤服务工作的浙南红军骨干——郑海啸。红军挺进师的战士们都说，只要找到郑海啸，就不愁吃和住。

　　郑海啸 1933 年加入中国共产党，1936 年 9 月被任命为中共平阳县委书记，是浙南革命根据地的重要奠基人之一。

一、奔赴革命，坚决投身党的事业

　　郑海啸（1900—1987），原名郑志权，出生于平阳县凤卧镇凤林村，著有《郑海啸回忆录》。郑海啸自幼习武，受教于私塾，他不仅功夫了得，更是思想开明，不迷信陈旧观念，积极倡导改革。郑海啸为人公正，乐于帮助群众，因此在村民中颇有威望，人们亲切地称他为"老海"。

1927年，随着各地农会的兴起，平阳县凤林村的农民自发组织，选举郑海啸为农会主席。1930年，郑海啸将原本设立在凤林郑家祠堂内的私塾改建为凤林小学，并担任校长。郑海啸极具人文关怀，积极鼓励适龄儿童上学，对于家庭困难的学生，还减免学费。1930年冬，共产党员叶廷鹏等人来到凤林小学，带来了革命的火种，这也成为郑海啸生命中的重要节点。

1933年6月，通过党员叶廷鹏和黄先河的介绍，郑海啸正式加入中国共产党，成为党的一员，并担任凤林村党支部书记。凤林小学也成为平阳及浙南共产党员的重要活动场所。同年秋，郑海啸成为北港区赤卫队队长，随后被推选为凤卧乡乡长，他以乡长身份在社会中活动，同时不忘抓住有利时机为共产党工作。

郑海啸的革命决心坚定，组织能力卓越。1936年7月，郑海啸因反动分子告密被捕。虽然受尽国民党的严刑拷打，但郑海啸从未泄露党的机密，始终坚守信仰。党组织发动地方长者向国民党政府请愿，并通过民主人士的努力，终于将他保释出狱。在回家当晚，郑海啸没有半点停歇，立刻上山寻找红军游击队，再次全身心地投入革命事业。

二、党内工作，时刻以身作则、无私奉献

1936 年 9 月，郑海啸被任命为中共平阳县委书记，后任中共瑞（安）平（阳）县委书记，1939 年 5 月，任中共浙南特委常委。郑海啸的工作能力在担任县委书记期间得到了进一步体现，他致力于省委机关、抗日游击总队、抗日救亡干部学校、浙南特委机关等组织的安全和后勤供给工作，为革命事业的成功作出了突出贡献。他在党内担任要职的同时，从未忘记自己的根，与群众保持紧密联系，深受村民尊敬。

1936 年，红军挺进师与浙南红军游击队会师后，革命火种在浙南迅速传播。然而，这一年，国民党反动派对浙南展开了为期 8 个月的疯狂进攻，平阳县笼罩在白色恐怖之下。郑海啸坚信共产主义事业，始终教育和领导当地的党员干部。他们竭尽全力保卫省委机关，夜以继日地工作，为了党的安全，甚至好几个月都无暇顾及个人形象，没有时间理发。省委书记刘英见到郑海啸，紧紧拉住他的手，关切地询问："这几个月，你们是怎么坚持过来的？"然后，刘英叫警卫员给郑海啸理发，还拿出自己的衣服让他穿，风趣地对大家说："你们看，老海现在看起来年轻了！"

1937 年 9 月，国共合作协议达成后，刘英和粟裕等人带领临时省委机关和红军挺进师集中在凤林和山门地区进行训练，成立抗日救亡干部学校，举办了 3 期军

政干部训练班。抗日干校的人员加上来往于省委、特委机关的工作人员，共计千余人。在这背后，是郑海啸精心安排着后勤保障，确保一切有条不紊。1938年3月，中共中央东南局组织部部长曾山来到平阳，经过观察后称赞郑海啸是浙南农民的杰出领袖。1939年7月，中共浙江省第一次代表大会在凤卧的冠尖和马头岗举行，来自全省的主要领导干部都参加了会议，安全工作尤为重要。郑海啸白天参加会议，晚上步行巡查供给和安全保障，常常整夜不眠。会议结束后，省委领导高度评价了他认真负责的工作态度。

三、坚定信念，化悲痛为斗争到底的力量

郑海啸长期投身革命斗争中，他的家庭也为此付出了巨大的代价。1939年冬天，国民党顽固派调动大量军队进攻平阳，其至在北港设立了"督剿"办事处。他们采取"清乡、搜山、移民并村、计口售盐"等策略，使革命队伍遭受重创，党组织受到了严重破坏。1942年春天，刘英被捕后，顽固派加紧镇压，平阳满目疮痍。在这段时期，郑海啸连续失去了3位亲人：妻子金澄梅是县委交通站站长，因守护党的机密被残忍杀害；胞弟郑志荫是武工队小组长，在战斗中英勇牺牲，头颅被公开示众；女儿郑明德在战斗中受伤被俘，经历了酷刑，最终英勇就义，年仅16岁，被誉为"浙南刘胡兰"。国民党顽固派还放火焚烧了他家的房屋，毁坏其

家族的祖坟。

面对这一切，郑海啸将悲痛转化为前进的动力，更加坚定了革命信念。他带领着全县党员干部和幸存的子女郑子雄、郑一平、郑明新，发誓将革命进行到底。郑海啸入党时，曾庄严宣誓，将自己的一切都交给党，对党忠诚不渝，努力为党工作。那个年代，农村没有菜场、粮店，也没有汽车，供给完全依赖当地党员和群众的支持，后勤保障难度大。身为县委书记的郑海啸不畏艰难，调动一切力量做好相关工作。

1949 年 5 月 12 日，郑海啸带领平阳县委机关和武装部队进入平阳县城，全县有千余名武装部队和工作人员，为浙南革命的最后胜利作出了巨大的贡献。郑海啸一直是一位廉洁奉公的党员，生活朴素。在战争年代，他与战士们同甘共苦，患难与共。中华人民共和国成立后，他保持了优良的党风。1979 年，中共浙江省委选派他前往北京参加中华人民共和国成立 30 周年庆典。他依然穿着朴素的粗布衣服，出席在人民大会堂举行的国庆盛宴，参加中央组织部召开的老干部代表座谈会，并在座谈会上发言。那一年，他与宋任穷等中央领导同志合影，粟裕特地请他到家里做客，并让自己的子女陪同。

1987 年，郑海啸在杭州安详离世。省委领导在悼词中写道："郑海啸是一位久经考验的共产主义战士，中国共产党杰出的党员，浙南革命老区的奠基人之一。"

郑海啸的坚韧、奉献和坚定的革命精神，始终激励着我们。如今的和平、繁荣是革命先辈用鲜血换来的，我们更当牢记先烈，紧跟党走，努力拼搏，不负韶华。

（平阳县革命老区开发建设促进会供稿，郑心怡改编）

赵礼生

江西老表热血洒浙西大地

他从小给地主家放牛，父亲早亡后，沿街乞讨为生，饱尝人生艰辛。在共产党红色风暴的影响下，他悟出了一个道理：穷人的穷不是命中注定的，是可以改变的。穷人要想翻身过上好日子，只有跟着共产党闹革命。他投身革命，转战江西、浙江两省，年仅30岁，就为革命事业献出了宝贵的生命。

他叫赵礼生，曾化名曹利生、曹立森、老齐。1929年投身于革命，次年参加中国工农红军并加入中国共产党，是土地革命战争时期浙西地区党组织的主要领导人之一。

一、红色风潮让放牛娃看到了曙光

1907年10月23日，赵礼生出生在江西省贵溪县白田乡赵家村的一个贫苦农民家庭。在邻村学堂上了两年学，因家贫不得不中途辍学给地主家放牛，还要帮家里种田、砍柴。13岁时，父亲病故，母亲只得携儿带女，靠沿街乞讨为生。不久，家里仅有的一间房屋也被国民党军队烧毁了，无家可归，一家人只好搭棚藏身。

1926年冬天，方志敏领导的弋阳县漆工镇暴动震动了整个赣东北。赵礼生在暗无天日的生活中看到了亮光。1929年4月，赵礼生参加了白田暴动，同年秋季，他又参加了贵溪县7万多人的秋收暴动。赵礼生积极宣传革命道理，经常把一些青年召集起来，谈论革命形势，鼓励大家坚定革命信念。

1930年初，赵礼生被选送到白田乡苏维埃政府工作。在这里，他更加刻苦地学习革命理论，对自己严格要求，工作兢兢业业。经过革命风暴的锻炼和考验，赵礼生进步很快，不久便加入了中国共产党。同年3月，组织上决定调他去赣东北省保卫局。婚后第三天，他就告别了妻子和其他亲人，离开家乡，奔赴新的革命征程。

二、江西老表在开化开辟出新天地

1934年秋天，根据上级指示精神，为了加强对浙西开化党组织和武装斗争的领导，党组织决定派赵礼生到开化工作。到开化后，江西老表赵礼生很快和早已活动在长虹乡库坑、老屋基一带的游击队长邱老金接上了头。除了为开辟新区进行建党等工作外，赵礼生还兼任游击队党代表，以苏区红军为榜样来改造这支农民游击队。他经常找邱老金谈心，宣传共产党的政策和红军的纪律，并且严于律己，处处作表率。

有一次，游击队战斗胜利后返回营地，大摆庆功酒三天。赵礼生得知这一情况后，便召开游击队干部会，严肃批评了邱老金，指出这种草寇作风会损害红军的声誉。在赵礼生的耐心帮教下，邱老金诚恳接受批评，表示要坚决抛弃绿林恶习。

1935年1月，方志敏领导的红军北上抗日先遣队途经开化，在大龙山战斗中，一部分指战员未能赶上已经转移的大部队，留在开化境内坚持斗争。赵礼生和邱老金将失散的先遣队指战员董日钟、方兴福等吸收为游击队骨干，大大增强了部队的战斗力。他们在库坑天堂山秘密建立了制造和修理枪支、长矛、大刀等武器的兵工厂，带领游击队伏击保安队，缴获了一大批武器、弹药。

1935年5月初，根据闽浙赣省委的指示精神，开（化）婺（源）休（宁）中心县委在长虹乡库坑宣告成立，赵礼生任书记，邱老金任常委，下辖休宁县委和福岭、库坑等7个中心区委，革命形势发展迅速，党组织不断壮大。1936年3月间，赵礼生在给闽浙赣省委的书面报告中指出：开婺休地区共建立党支部110个，发展党员486名，建立团支部20个，开化县大多数村都有党组织。

1936年7月初，时任皖浙赣省委书记关英、皖浙赣红军独立团团长熊刚和政委刘毓标率部队从皖南抵达开化福岭山一带。7月8日凌晨，独立团在赵礼生、邱老金率领的游击大队配合下，激战一个多小时，攻克了开化县城。开化大捷，使红军游击队的声威大震。许多青年农民踊跃报名参军，开化境内的革命武装迅速发展到1300多人，游击区也扩大到方圆几百里，达到鼎盛时期。

1936年8月13日，皖浙赣省委决定，将开婺休中心县委改为浙皖特委，开婺休游击大队改为浙皖独立营，同时，建立浙皖军分区和开化县委，赵礼生任特委书记兼开化县委书记，邱老金任特委常委兼浙皖军分区司令。赵礼生、邱老金等率领各路游击队，在遂安、衢县、常山等地活动。广泛发动群众参军参战，到处打击敌人，开仓济贫，声势浩大。

同年8月，为了巩固革命根据地，浙皖特委在福岭山建立了开化县苏维埃政府，赵礼生兼任主席。县、区、乡苏维埃政府在游击队的配合下，广泛发动群众，组织贫农团，与地主土豪作斗争。仅在何家村，就分掉土豪的仓谷16万斤。许多贫苦农民的心底更亮堂了，认识到共产党才是穷人的启明星。红军的威信越来越高，不少穷苦人家的子弟报名参加红军，仅何田乡就有130多人参军。县苏维埃政府还在齐溪等地办起了红军医院和军服厂。

三、寡不敌众，英勇就义

皖浙赣边区和浙西革命形势的迅速发展，引起了国民党当局的极大不安和恐惧。1936年11月，蒋介石任命刘建绪为闽浙皖赣四省边区绥靖公署主任。刘建绪坐镇衢州，调集10余万兵力对四省边区进行全面"清剿"。他在衢州召集四省边区60个县的县长开会，部署"剿共"事宜，要求限期"肃清"闽浙赣皖四省边区的红军。

开化苏区和千里岗游击区成为"清剿"重点之一，敌人采取分进合击、搜山烧山、移民并村、联保具结（即"一人通匪，十家同罪"）等残酷手段，妄图彻底切断红军和群众的联系。冬末，数个中心县委等机关相继遭到破坏。1937年2月，赵礼生和邱老金率领浙皖独立营在开化何田一带被迫与敌八十八师多次激战，部队遭受严重损失。6月，在一次遭遇战中，浙皖独立营不幸被敌分割包围。赵礼生和一部分游击队员，被国民党军队和地方壮丁队1000多人围困在开化西乡的深山密林中。

在敌人的严密包围中，游击队弹尽粮绝，供给极度困难，只能靠挖竹笋、采野果、喝山泉充饥。在如此恶劣的条件下，赵礼生还自编《苞萝歌》《百鸟思歌》两首歌，亲自教唱，用以鼓舞斗志，稳定军心。大家都表示要革命到底，坚持到底。最后，因寡不敌众而失败。

10月，赵礼生在长虹乡老屋基村被捕。

敌人知道赵礼生是开化共产党和游击队的主要负责人，就将他押解到长虹乡下坞坑口祠堂里，用尽刑罚，企图从他口中获取重要情报，但赵礼生始终怒目而视，不肯吐露一字。敌人又将他带到昔树林村桥头，灌辣椒水。赵礼生被折磨得死去活来，却自始至终表现出一个共产党员宁死不屈的英雄气概，于12月22日在开化县城被敌人杀害。

（开化县革命老区开发建设促进会供稿，童未泯改编）

缙云大捷
红军战旗插上县府城楼

　　这是20世纪30年代，红军部队不畏艰险，英勇善战，智胜敌军，解放缙云县城的革命故事。

　　1930年5月，在浙南山区崛起了一支英勇的红军部队，它就是由浙南红军游击队统一改编的中国工农红军第十三军（简称红十三军），为中央军委直属的红军部队。这年8月，红十三军从永嘉、青田、仙居、缙云四县交界的大洋山驻地出发，向北攻打缙云县城，夺取敌人的枪支弹药，接着再攻打永康、金华，向西与江西、湖北红军会合，最后会师武汉。

　　经过一夜急行军，8月31日拂晓，红十三军红一团到达缙云县城南郊。缙云县城四周群山环抱，源自大盘山的好溪位于县城南侧，自东北向西南蜿蜒而过。溪上有两座桥：东游上端是石板桥，西游下端是铁索桥。红军想要进入缙云县城，必须通过这两座桥跨过好溪。

一、红军强攻铁索桥

为迷惑国民党守军，红军故意放出欲再攻丽水城的风声。于是丽水守军人心惶惶，缙云守军却毫无戒备。红军根据侦察得悉，缙云县城除东门李氏祠堂驻有县常备队外，其他地方没有国民党正规军。为抓住战机，趁虚而入，红十三军兵分两路：由红一团团长雷高升与军政治部主任陈文杰带领主力部队，从铁索桥进入县城；红十三军第一团第三连由连长潘善春带领，埋伏在石板桥南端，等主力冲过铁索吊桥后，再从东门冲入城内，消灭县常备队，与主力会合。

当红军主力部队正要跨上铁索桥时，突然遭到桥对面敌人机关枪密集火力封锁。敌人有机关枪，说明城内有正规军。原来缙云县城确实没有驻军，当国民党省防军获知浙南红军要再打丽水城，连忙将原驻壶镇机枪连调往丽水城。途径缙云县时，得知红军要攻打这里，赶紧守住铁索桥北端桥头。担任攻城指挥的陈文杰和雷高升发现情况后，当机立断，命令部队："全体卧倒！不准上桥！"

"陈主任，怎么办？"雷高升卧在地上压低声音问陈文杰。陈文杰眉心紧锁，果断地说："强攻！现在只有强攻！必须在规定时间拿下铁索桥。马上挑选胆子大、枪法准的同志组成敢死队，冲过桥去，为大部队打开通道。"雷高升握紧拳头说："正合我意！"随即下达命令，挑选了20多名枪法好的红军战士组成敢死队，持枪俯卧在铁索桥桥面上，匍匐前进。

守桥敌人发觉红军正匍匐前行，慌忙调集机枪朝桥面扫射。子弹像雨点般迎面而来，压得红军敢死队队员们头都抬不起来。这座铁索桥由 24 根大铁索组成，桥两端和中间各有两个桥墩牵引固定，铁索上铺木板，平时人走上去都十分摇晃，在战斗中吊桥摇晃得更厉害了。稍有不慎，就会被甩出桥板，掉到溪水里。但英勇的红军战士没有退缩，巧妙避开敌人火力，坚持前进。南桥头的红军组成火力网猛烈地向对岸敌阵射击，掩护敢死队前进。有的红军战士还把小鞭炮放进煤油箱燃放，以酷似机枪扫射的"噼噼啪啪"声来迷惑和震慑敌人。

在"冲啊！""杀啊！"的呐喊声中，红军敢死队快速前进，在快接近敌人时，来自仙居安仁的神枪手尹希瑞瞄准敌机枪手，"砰砰砰"连放三枪，敌人应声倒地，停止了扫射；另一挺机枪也正好因枪管发烫，来不及灌水冷却，子弹卡住哑火了。趁这一空档，红军敢死队勇士一跃而起，扑向敌人。陈文杰、雷高升率领大部队紧随其后，红军以排山倒海之势冲向对岸，喊杀声在铁索桥上空回响。北桥头工事里的敌人被红军的勇猛气势吓得目瞪口呆，慌忙丢下武器，往北门方向拼命逃窜。

红军强攻冲过铁索桥，便到了铁桥街。一部分红军战士往北追击逃窜的敌人，另一部分主力部队则由陈文杰、雷高升率领，快速穿过铁桥街，沿主街往东直捣东门大街的国民党县政府。

二、红军占领县政府

红一团第三连隐蔽在对岸石板桥南边，连长潘善春看见主力部队冲上了铁索桥，一骨碌爬起，右手持驳壳枪，左手一挥："同志们！冲过溪去，活捉县长郑禧！"第三连迅速冲过石板桥，直扑东门李氏祠堂守军。驻扎在李氏祠堂的县常备队眼见红军势不可当，胡乱放了几枪，就丢弃武器，各自逃命了。

红军部队从东西两路同时冲进国民党县政府，迅速将红十三军的红旗插在县政府门楼上，鲜艳的红旗在缙云县城上空高高飘扬，宣告缙云县城解放。

红军战士四处搜寻反动县长，但县政府内一片狼藉，空无一人。原来反动县长听说红军冲过了桥，顿时如惊弓之鸟，与国民党机枪连连长一起落荒而逃。红军砸开县政府内的监狱，将关押的 200 多人全部释放。这些人中少数是被捕的红军，大部分是被地方劣绅、反动官府欺压迫害的贫苦农民。一位被关押的农民看见红军，声泪俱下地说："我家因年成不好，欠了地主 3 担田租，地主勾结官府强行把我关在这里 8 个月了。家里早已断粮，还不知老婆和 3 个孩子是死是活。"陈文杰给他们打开镣铐，大声地说："乡亲们，我们是共产党领导的红军，是帮助穷苦人民翻身解放的部队。现在我宣布：你们被释放了！有家的都赶紧回家去吧！"

红军在县城内张贴安民告示和标语，召开群众大会，宣传共产党和红军的政治主张；当众烧毁反动政府契约，将没收所得粮食、食盐和布匹分发给贫苦农民。

缙云大捷，是红十三军成立以来打得最漂亮的一仗，击毙击伤敌人多人，共缴获机关枪2挺、步枪50余支、驳壳枪20余支、子弹9担以及其他军需品。红军胜利攻占缙云县城，极大地鼓舞了浙西南各地人民的革命斗志，一时间永康、丽水、宣平、遂昌、松阳、青田等地农民暴动风起云涌。

1930年9月10日，中共中央机关报《红旗日报》以《浙南红军占领缙云县城》为题，报道了红十三军这一壮举。红军战士英勇善战，解放缙云县城的革命故事，一直在浙江大地流传，鼓舞激励着一代又一代浙江人民为了美好明天百折不挠、奋勇向前。

（缙云县委党史研究室、县革命老区开发建设促进会供稿，

晓路改编）

李立卓
血洒壶镇的永康县委书记

这是 20 世纪 30 年代初期，中共永康中心县委书记李立卓，在秘密执行任务时被敌人百般拷打、残酷杀害的惨烈故事。

20 世纪 30 年代初的浙西南山区，红军部队正与国民党反动派武装力量激战，敌人悄悄派遣另外一支反动武装力量，企图迂回包抄"围剿"红军，红军处于十分危险的境地。为救援红军部队，时任中共永康中心县委书记李立卓，在获取秘密情报后，火速乔装打扮赶往战场送情报，不幸被国民党反动派部队逮捕，惨遭杀害。直至牺牲，信仰坚定的李立卓未向敌人透露任何信息。

一、神秘的风水先生

1930 年 8 月 26 日一大早，秋天的朝阳刚褪去盛夏时节的炽热，日光带着淡淡温暖洒满了永康古山镇前黄村的山岗。此时正是每年秋季收割的农忙时节，各家各户的劳动力都早早地到田间地头忙农活。在一间敞开的民居大门前，一位 30 多岁的中年男子身穿长衫，头戴礼帽，手托罗盘，背着布袋，迈步款款走出。这位一看就像时常游走乡村的风水先生，似乎带着一种神秘的使命，坚定而匆忙地朝着太阳升起的方向走去，直到消失在村口大树下。

这位神秘的风水先生，其实就是中共永康中心县委书记李立卓。

李立卓，男，1892 年出生于永康县古山镇前黄村一户农民家庭，他年少时在杭州读书，受到了孙中山"三民主义"的影响，革命思想萌动。1925 年至 1926 年间，李立卓在上海，时逢"五卅"惨案，目睹了帝国主义残杀同胞的暴行，更加坚定了从事革命的决心，于是他加入了中国共产党。1926 年 10 月，李立卓回杭州参加了国民党浙江省长夏超"浙人治浙"的独立起义，独立起义失败后回到永康。1927 年上半年，他在永康下徐店教书，继续开展党的地下活动，先后介绍徐英湖、徐彦才加入中国共产党；同年 7 月，中共永康临时县委成立，李立卓积极投入农民运动，领导前黄村农会，开展减租减息斗争。"四一二"反革命政变后，国民党统治者和土豪劣绅疯狂反攻倒算。李立卓并没有被白色恐怖所吓倒，他一边领导农会反对地主撤佃，一边给省政府呈写《救民水火事》《为请示禁缴租撤佃以解佃农倒悬事》等请愿书，为民请命。同时，通过县政府转呈南京国民政府《进治国常法五篇》，申述了救国救民之志。1928 年秋，李立卓参加了永康与武义两县联合组织的秋收农民暴动（史称"永武暴动"），该次暴动失败后，李立卓等人坚持隐蔽斗争。同年冬天，李立卓接任中共义和区委书记，曾负责永康县委、永康中心县委与中央的通讯联络工作，并出色完成了各项地下联络任务。1930年1月，李立卓还参与了时任中央巡视员卓兰芳领导的永康年关农民暴动。李立卓担任永康中心县委书记后，为永康党组织发展和中国工农红军第十三军红三团的创建作出了重要贡献。

那么，这天李立卓书记为什么要装扮成风水先生外出呢？因为，他刚刚得到情报，红三团仙居独立团正在金华磐安县白岩大溪湾与国民党大皿保卫团交战，而驻扎丽水壶镇的国民党保卫团将从金华潘潭冷水方向对红三团发起攻击。红三团将处于被两面夹击的危险境地，为了保存实力，红三团仙居独立团必须马上撤退。这个重要情报须第一时间送到，红三团才能及时撤出战场，保存有生力量。

情况十万火急，李立卓立即放下手中的农活，装扮成风水先生前去磐安处理。当他匆忙赶到仙居独立团和保卫团交战过的地方，发现现场一片狼藉。他正想着该如何找到仙居独立团，就被战场上败退下来的几个国民党保卫团士兵团团围住。其中一个看起来是小头目模样的人，走上前来问道："你是干什么的？"

"我是看坟地的风水先生。"李立卓回答。

　　其实，这个小头目是磐安本地土豪羊老六。他上上下下仔细打量了一番，看着李立卓一身打扮和手持的罗盘，似乎也相信了，说："晦气，算了，走吧。"

　　围着的保卫团士兵散开了，李立卓暗暗地松了一口气。可就在这时，狡猾的羊老六眼珠子一转，觉得不对——与当地相邻的永康、缙云、磐安三个县的地方方言各不相同，特征明显很好辨认，而李立卓说话时带着浓重的永康口音。一个外地人在打仗的时候来战场上凑什么热闹？永康方言引起了羊老六的怀疑，他连忙带着几个手下，再次把李立卓包围。羊老六恶狠狠地吼道："哈，我一听你讲话就知道不是我们本地人。这里在打仗，人家逃都来不及，你到这里来干什么？我看你就像共产党！给我带回去仔细盘查。"

　　李立卓被羊老六带到了磐安县大皿的祠堂，遭受了半天拷打。李立卓始终说是去踏勘坟地的，保卫团也找不出破绽。保卫团也知道抓了一个没有价值的人，为了下台阶就放出口风："只要有人前来作保，就可以放人。"

二、坚强的革命战士

　　就在国民党保卫团准备放人时，不巧，另一个保卫团的成员走了进来。他一见到李立卓，半天说不出话，只是重复着："你！你！你！"原来，他认识李立卓，也知道李立卓是共产党永康中心县委书记，便立即报告给羊老六。

得到这个消息，羊老六恼羞成怒，用各种残酷手段逼迫李立卓招供，企图审问出他的秘密任务。为杀一儆百，羊老六将李立卓捆绑在广场上，对他实施酷刑。李立卓遍体鳞伤仍然毫不屈服，为了减轻痛苦、激起群众斗志，他还咬紧牙关向群众讲述关云长刮骨疗毒的故事。

为了逼他屈服，保卫团将李立卓带到缙云县壶镇。壶镇国民党保卫团对他采取了一种被称为"点天灯"的极度残忍的刑罚。巨大的痛苦使他多次昏迷，又多次被敌人用冰水泼醒，李立卓意志坚定，始终没有向敌人屈服透露半点信息。

当组织获悉李立卓被捕，第一时间组织营救。李立卓的弟弟李立倚，也是共产党员，受组织委派回到前黄村告诉嫂子陈宝花，组织上正在设法营救，家中也要想办法托人保释，双方配合之下成功率大一些。然而，陈宝花一时找不到可托付之人，只能找到一个叫章亲的亲戚，请他带保状前去保释。

章亲还没有出门，国民党省防军已来到前黄村抓人。前黄村共产党员程兴瑶被抓，胡有林被杀。章亲听说外面到处戒严，整个永康的氛围都沉重得令人窒息，就不敢出门前去保释李立卓了。陈宝花见保释计划失败，陷入困境，不知该如何是好。这时，一个乞丐模样的人经过，大家都叫他圆太公。陈宝花也只能死马当作活马医，决定委托圆太公去壶镇打探丈夫的消息，然后再想办法救他。圆太公拿着陈宝花给的一百个铜板，接受任务前往壶镇。

然而，当圆太公到达岩下街时，遇到了国民党警察戒严和盘查，不仅被搜走了身上携带的所有铜板，还被认为是共产党侦探，吊起来一顿毒打。圆太公遍体鳞伤，难以行动，更无法去缙云壶镇取保李立卓了。

就在李立卓被捕的第二天下午，壶镇保卫团的大门被敲开，一个声称在这里做手艺的人带着一沓钞票要求保释李立卓。鉴于李立卓共产党县委书记的重要身份，国民党保卫团里没有一个人敢吱声，但看在一沓钞票的份上，同意让他见上一面。

那位神秘的手艺人看到李立卓遍体鳞伤的样子，悲愤交加，李立卓示意他要强忍克制。那人说："我们一定要救你出去！"但李立卓却拒绝了，说不要做无谓的牺牲，大家的生命都很重要。然后，他示意那人靠近，低声对他说了几句话。

李立卓把任务交待完后，高声唱起婺剧《满江红》。国民党保卫团听到歌声后冲了进来，将来人赶走，手艺人只得含泪离开。

到了晚上，看守被一阵急促的电话铃声惊醒。电话是缙云县县长打来的，他得知李立卓的身份后，也觉得是一块肥肉，命令壶镇保卫团将李立卓送到县城。看守们只能叫醒几个头目商量对策，他们担心送走李立卓会有后患，决定先斩后奏——暗地里先杀了李立卓，再向缙云县县长报告。

1930 年 8 月 28 日凌晨，国民党保卫团羊老六等人将李立卓押解到壶镇好溪边，秘密杀害了他。不久后，枪杀李立卓书记的凶手羊老六被红军击毙。

李立卓同志，是一位坚强的革命战士，为了革命事业，他年轻的生命永远定格在 38 岁。他大无畏的革命精神，激励着浙江大地上的广大民众，沿着革命先烈开辟的道路，前赴后继，勇往直前。

（永康市革命老区开发建设促进会供稿，晓路改编）

吕思堂

从农民首领到浙南红军司令

吕思堂，又名吕思恭，化名吕镇江，1895 年出生于永康派溪吕村一个贫苦农民家庭。1928 年 8 月，吕思堂加入中国共产党，与土豪劣绅、反动派做斗争，不幸于 1930 年 10 月牺牲。1989 年 1 月，经浙江省人民政府批准，他被追认为革命烈士。

一、苦难中成长起来的农民首领

吕思堂，从小家里穷，跟师傅学打铁手艺，外出谋生。旧时人常说，"摇船、打铁、磨豆腐"是手艺人的三大苦活。30 多岁时，背井离乡 10 多年的吕思堂回到老家，娶妻生子。他没日没夜地劳作，可日子还是越过越穷。在长期外出谋生的经历中，吕思堂目睹了各地农民的减租抗捐运动与中国共产党的不懈斗争。这使他慢慢明白，好日子要靠自己争取。回乡后，他常常与好友胡长好、陈廷旺、胡双录等商议，立志劫富济贫，除暴安良，并提出"不为己，不怕死，为民众谋利益"的口号。

1928 年春，吕思堂公开组织了一支 70 多人的武装队伍，主要由象珠镇塘里坑村手工业者和贫苦农民组成。他们决心与地主豪绅和官府"老爷"斗到底，并逐步发展成为永康最有影响力的工农革命军队伍。后经中共永康县委的引荐，于同年 8 月，吕思堂加入中国共产党。

二、马渡会师，整编队伍

那时，浙南地区出现了一大批工农武装力量，但成员大多数都出身贫苦，少有文化知识。虽然革命热情高涨，却各干各的，谁也不服谁，缺乏统一的领导和指挥，极易被敌人逐个击破。根据革命形势的发展，吕思堂在中共永康县委的指引下，决定整合各方势力，组成一支统一领导的强大革命队伍。

缙云县新建镇的马渡村，每年中秋节都有演社戏的风俗。届时，四面八方的村民、商贩、杂耍艺人等都云涌而来，热闹非凡。按照当地习俗，中秋节是农历八月十六日。是夜，皎洁的明月高高地挂在天上，在榆树林深处，已密密麻麻地聚集了 200 多人，他们是来自金华、丽水、温州等地的浙南红军骨干。原来是吕思堂挑选演社戏这个时机，秘密召开浙南红军骨干马渡会师大会。

会上，吕思堂宣读了红军的政策和纪律，讲述了革命的目的，确定了联络信号及各根据地的负责人，健全了组织架构，设立了武工队、侦察组、行政组和执法组等。吕思堂慷慨激昂地说："我们是革命的队伍，我们是穷苦百姓的子弟兵，我们要与百姓心连心，把根扎在老百姓中。我们要把分散的力量集中起来，一根筷子容易断，十根筷子合起来就折不断了。我们要打仗，武器很重要，敌人用的是洋枪洋炮，我们用的是马刀红缨枪，这怎能打胜呢？我们没有兵工厂造枪炮，但我们必须要有枪炮。那么，只有两个办法，一是筹钱买，二是向敌人缴……"

天色微明，与会人员已悄然散去，来无影去无踪，榆树林又恢复宁静。

三、成为浙南红军司令

会后，吕思堂在太公山（今金华武义交界处）、三十里坑等地建立根据地，刘岳昌在缙云发动了 100 多人参加红军。缙云西乡雪峰村李春元，在武义黄坛岗见到吕思堂的队伍后，立即加入其中。吕思堂派李春元回家乡动员革命，缙武边境的金高岭、三坑头、派双园、小玉坑等村的 30 多位贫苦农民加入红军，开展"打土豪、缴洋枪"等活动。尤其是在江西井冈山工农红军的影响下，永康境内相继出现了 15 支红军队伍，武义、缙云、仙居等地亦是如此。

1928 年 5 月 25 日，中国共产党中央委员会决定，全国各地工农革命军正式定名为红军，浙南这些武装队伍均称"浙南红军",并建立红军司令部,共推吕思堂为司令,设有党代表,队伍最顶盛时有 800 多人。吕思堂也由一个单纯"为民除害、劫富济贫"的农民首领,逐步成长为一名为人民解放事业而奋斗的坚强战士,成为浙南红军司令。

四、缴枪买枪,壮大队伍

在接下来一段时间里,吕思堂率部先后展开了一系列武装斗争,集中优势兵力,主动出击,夺取武器,壮大队伍。1929 年夏,他带领部队远道袭击武康县上柏镇警察分局,缴获枪支 10 多支,又筹款购买木壳枪 30 多支,发展骨干 60 余人。10 月 2 日夜,他们袭击省防军驻武义上菱道营部,烧毁营房;6 日深夜,袭击驻永康古山的省防军据点,击毙敌排长。11 月 15 日,袭击武义东皋警察所,击毙警长、哨兵各 1 人,缴枪 10 多支。12 月,又到义乌朱店缴枪 10 多支。这些战斗使红军军威大振,队伍迅速发展壮大。

发生在这时的"东皋缴枪"事件,尤其为人津津乐道、广为传颂。东皋是永武交界的一个重要集镇,国民党反动派当局在此设立警察分局,企图控制水陆交通。为了拔除这个据点,党组织提前两个月就派遣大屋村地下党员项三星打入东皋警察分局,以办公警(文书)的身份开展活动,并派项三星之侄项长秋配合工作。1929 年 11 月,浙南红军临时突击小分队从峡源坑出发,越过金温公路，到达桐琴渡口。而此时，东皋警察分局内，项三星正向贪杯的分局长刘长松敬酒，一杯又一杯地把这个酒鬼灌得酩酊大醉。小分队在桐琴上岸，绕小道到达东皋。项长秋率先冲进大门，击毙警卫，突击队员迅速占领、控制警察分局，击毙分局长刘长松并击伤企图反抗的警士，缴获 10 多支长短枪和一些弹药，胜利而归。

五、遭受迫害，不幸牺牲

红军武装的迅速壮大，令各地官府和土豪劣绅如坐针毡，加紧了对革命力量的镇压，吕思堂成了敌人的"眼中钉，肉中刺"。1930 年 3 月，国民党反动派冲进派溪吕村，拆掉吕思堂家的两间房子，还砸了家具、抢走家畜。吕思堂的妻儿无处落脚，妻子徐苏金只好带着儿女逃往外地。

面对严峻的形势，吕思堂还是一心扑在购买武器、武装部队的头等大事上。1930 年 9 月，他带着红军战士何双基、卢存照及武义红军领导人邵李清，赴上海购买枪支。在上海六马路统一新旅馆，不幸被国民党浙江省保安处会同淞沪警备司令部和英租界巡捕房逮捕，后被押回浙江兰溪监狱。在狱中，吕思堂视死如归、坚贞不屈。10 月 2 日，浙保三团将吕思堂枪杀于兰溪南门外台基刑场。

（永康市革命老区开发建设促进会供稿，张娟群改编）

三岩寺

南营红军殊死血战悬崖山洞

洞口，一个敌人正欲举枪向洞内射击，一名红军战士快速冲上前去，紧紧抱住敌人，一同滚落悬崖。面对兵力数倍于自己的敌军，英勇的南营红军表现出来的大无畏精神，在处州大地传颂至今。

一、星星之火燎原处州大地

1930 年，中国共产党在宣平县（今属武义县）境内农民武装暴动的基础上，先后建立北、西、南、东四个红军营，定番号为"中国工农红军第十三军浙西第三纵队"。其中，南营红军在宣平县前湾村党支部书记潘成波等人的领导下，于 7 月下旬在大溪口后山龙虎殿成立，指挥部设在丽水、宣平两县交界的张达山、高水、三岩寺（今丽水市莲都区太平乡境内）一带。

8 月，丽水北乡的朱生民率领 100 多人的农民武装，到高水村与南营红军会合，使南营红军的力量进一步增强。全队有各种土枪 150 余支、土炮 6 门。随后，南营红军开赴三岩寺一带建立革命据点。

南营红军积极组织开展宣传工作，提出的斗争口号和革命主张，深受汉畲群众的拥护，青壮年纷纷报名参加红军，南营红军迅速发展到 400 多人。为了打击土豪劣绅，南营红军总指挥部决定留下少数人员驻守三岩寺，大部分红军到各村开展活动。红军在横岗、梁村、徐庄、赤坑、高田本、黄弄等地，没收地主的粮食、衣物，分发给贫苦农民。

9 月 3 日，红军直逼曳岭脚，攻占了国民党曳岭区公署（驻地位于今丽水市莲都区老竹镇）。此后，红军转向曳坑、三港一带活动。在老鼠窝村，红军召开了骨干会议，研究下一步工作。会议决定，总指挥潘成波率一部在曳岭上活动，副总指挥朱生民率一部在曳岭下活动。潘成波部在宣平、松阳交界的张达山，遭到国民党浙江省保安队和地主武装偷袭，激战 4 小时，3 名红军战士壮烈牺牲，潘成波在突围中身负重伤。部队突围后，撤至曳坑，再折回三岩寺休整。

二、反动势力勾结进逼三岩寺

三岩寺位于楼根山脉中部，面南而立。东南面有一状如乌纱帽的"纱帽弦"，西南有陡峭的"天师楼"岩主峰，海拔 700 余米。天师楼的东南有胡公洞，洞深 6米、高 3 米，洞内建有胡公庙。洞前是悬崖峭壁，洞口的头门向西只有一条狭窄的小道通往山下，离洞口约半里路是穿心洞背。天师楼孤峰独立，山路曲折，是易守难攻之地。

为了防范敌人突然袭击，根据三岩寺的独特地形，南营红军总指挥部决定，由南营红军副总指挥朱生民率一部驻守在三岩寺山下的西畈学堂，在三岩寺和西畈之间形成掎角之势，以便互相策应。

曳岭山区一些受过红军惩处的土豪劣绅，则是欲置红军于死地，图谋"清剿"驻三岩寺和西畈学堂的红军。

9月15日凌晨，在吶岸（今属莲都区丽新畲族乡）土豪劣绅陈依廉等人带领下，驻守丽水的国民党浙江省保安队两个排60多人，身穿长衫，头戴箬帽，化装成老百姓，分两路悄悄地向楼根山区行进。一路经太平、下坳、朱弄岭，准备袭击驻西畈学堂的红军。当天下午，面对突然而至的敌人，朱生民带领红军用土枪、土炮还击，并往刘岗岭背后山区突围。保安队虽然武器精良，但害怕红军占据有利地形打埋伏，只在山下远远地放冷枪，不敢贸然追击。红军3名战士因未及时转移而被俘，惨遭杀害，其余人员全部撤离了西畈学堂。

另一路保安队，则经张村街、周坦，直扑驻守三岩寺的红军。本来，红军在三岩寺外的马腰砧设有流动哨，以监视雾岭头方向来犯之敌。但是，这天正下着毛毛细雨，高山周围迷雾茫茫，视线很差。直到敌军到达马腰砧流动哨跟前，红军哨兵才发现有情况，刚想发问，就被敌人击中牺牲了。敌人通过哨所，快速逼近三岩寺洞口。守在头门的红军战士听到枪响，知有敌情，立即投入战斗。当靠近头门的敌人进入红军视线时，红军土枪、火铳齐发，并准备发射土炮。但因多日阴雨，土炮受潮，引信迟迟不燃，延误了阻击敌人的良机，红军战士虽英勇阻敌，终寡不敌众中弹倒下。

三、战斗至最后一名战士牺牲

头门，这唯一的通道被敌人占据，严重威胁着洞内百余名红军战士的生命。敌人占据头门后，集中火力向洞内扫射。战士们早已将生死置之度外，见敌人步步逼近，立即猛扑上去，与敌人展开白刃战、肉搏战。

洞口，一个敌人正欲举枪向洞内射击，一名红军战士突然冲上前去紧紧抱住敌人，一同滚落悬崖。红军战士的英勇行为，使敌人大为震惊，不敢贸然进洞。当敌人畏缩不前时，洞内部分红军战士攀着岩石、枯藤，滑落崖下开始突围。留守洞内的红军战士则阻击敌人，掩护突围的战友。

激战中，敌人朝洞内频频射击，红军堆放在洞内的火药被击中燃烧起来，硝烟弥漫了整个洞穴。红军战士在令人窒息的浓烟中顽强反击，战斗一直持续到下午4时左右，红军终因弹尽无援，三岩寺失守。坚守在洞内阻击敌人、掩护战友撤退的总指挥潘成波和30多名战士，全部壮烈牺牲。

省保安队冲进洞后，唯恐还有红军战士活着，用刺刀逐一刺扎红军战士的遗体，然后一把大火，将山洞点燃，牺牲的红军战士被烧得面目全非。

三岩寺失守后，南营红军副总指挥朱生民率领的100多名战士，大部分在反动地主武装拉网式的疯狂搜捕下被捕、牺牲。同年12月，朱生民在丽水大水门外溪滩被残忍杀害。

在敌人的疯狂围捕和严酷镇压下，南营红军因敌我力量悬殊不幸失败，但他们顽强不屈的战斗精神，一直鼓舞着后人继续战斗，成为丽水人民奋勇向前的宝贵精神财富。

（丽水市莲都区革命老区开发建设促进会供稿，童未泯改编）

无名烈士
牛头山红军精神世代传

在浙西南山区遂昌县牛头山中，有一对祖孙，他们为了心中的承诺，坚定守护着大山深处的红军无名烈士墓，从年迈的祖母传承到年轻的孙子，一守就是93年。

2020年10月14日，遂昌牛头山天师殿红军烈士墓前，正在举行遂昌红军暴动90周年纪念活动。从全县各地自发前来参加纪念活动的40多名群众，怀着无比崇敬的心情向红军烈士墓敬献花圈。庄严、肃穆、饱含深情的纪念活动，把每一位参与者的思绪拉回到那个年代。

一、红军游击队血洒角头山

遂昌县牛头山又名"九云峰"，海拔1560米，是仙霞岭山脉浙闽支脉上一个山岗，分别由遂昌、宣平（今武义）、松阳三县所辖。其主峰位于遂昌一侧，为遂昌东部名山。该山上部山势峭拔险峻，植被茂密，荒无人烟；中下部渐次平缓，山间溪畔有村庄错落分布，其中仅遂昌部分就有 3 个乡镇近百个村庄。

第一次国共合作破裂后，为响应中国共产党八七会议号召，1927 年 10 月底，中共宣平县委派员深入遂昌牛头山区发展党员队伍，建立农军组织，开展革命工作。经过 3 年积极准备，建立起由遂昌、宣平、松阳三县农民组成的农军总营，下辖东、南、西、北 4 个营。1930 年 7 月，遂昌农军受红十三军影响，改称为遂昌红军游击队，队伍发展至 300 余人，加上宣平、松阳两县的力量，共有农军 1000 多人。此后，遂昌红军游击队以推翻地方国民党反动统治为目的，以建立红色政权、与江西方志敏领导的红十军汇合为目标，开展革命活动。1930 年 9 月 5 日，在中共宣平县委的领导下，遂昌、宣平、松阳三个县的 30 多个村庄的农民在牛头山地区举行了武装暴动。

1930 年 9 月 13 日，遂昌、宣平的红军游击队和松阳农军共千余人在牛头山云峰天堂村会师，举行武装暴动誓师大会。革命武装的行动，引起了国民党反动派的关注与恐慌，他们立即调集大量部队对革命武装进行残酷"围剿"。9 月 20 日，革命武装在牛头山区角头山一带遭到了国民党反动派部队伏击，他们疯狂"围剿"红军，残杀革命群众。遂昌红军游击队 24 人被杀害、18 人被捕入狱，牛头山区 78 户家破人亡，外逃流浪者不计其数。死难者尸体或被火焚，或被就地掩埋。

遂昌红军红色暴动起义惨遭国民党反动派残酷镇

压，起义虽然没有成功，但红军战士为了解放贫苦百姓而抛头颅、洒热血，不惜牺牲自己年轻的生命，这给当地群众带来了极大震撼。

二、角头山村民含泪埋忠骨

当地村民徐凤仁，就是这次红色暴动的参与者、亲历者。这位生于此、长于此的普通农村妇女，以她朴素的革命感情、坚定的革命意志，谱写了一曲遂昌红色革命精神世代传承的赞歌。

徐凤仁娘家在遂昌县长濂村，成年后嫁到牛头山麓角头山村，以行医为生。她为人淳朴善良，加上医术高明，在牛头山一带乃至遂昌东乡享有良好声誉。农军运动开始后，徐凤仁积极参与革命斗争，她以"郎中"为身份掩护，以天堂总营为核心，常年奔走在牛头山区，开展秘密联络工作。东至宣平县，西到遂昌马头乡，北涉门阵村，南走濂竹乡，所到之处，徐凤仁既是农军伤病员的贴心郎中，又是地下秘密工作者。

1930年9月20日，徐凤仁目睹了发生在家门口的惨剧，遂昌红军游击队在角头山遭伏击，天师殿红军暴动惨败。为了抢救伤员，她冒着生命危险，借着夜幕掩护，偷偷地将一名奄奄一息的红军战士转移到储藏地瓜的地窖里，并竭尽全力救治伤员。遗憾的是，这位红军终因伤势过重，救治无效而牺牲。徐凤仁满含泪水，将这位无名烈士的遗体埋葬。

　　几天之后，人们发现在天师殿旁边出现了一座用卵石垒筑成的没有碑文的新坟。当时正是国民党白色恐怖时期，不能立碑文，于是就有了红军无名烈士墓，这也成了徐凤仁心中至死都无法放下的牵挂。

　　清明节到了，杜鹃花开了，人们带上祭品祭奠故人，这情景也让徐凤仁怀念起天师殿旁那一座卵石土丘。于是她默默打点香烛、牲醴等祭品，为了避免引起麻烦，她趁天黑出发，登上天师殿为烈士扫墓。此情此景每年如此，几十年如一日。随着时间的推移，那个每年到天师殿祭扫的妇女，渐渐由步伐矫健变成了步履蹒跚，艰难行进在前往天师殿的山路上。

　　天师殿海拔 900 多米，徐凤仁翻山越岭几十年，上天师殿的路有多少台阶、有多少弯道早已烂熟于心。然而光阴迁寒暑，岁月催人老。年近古稀的老人，感觉自己的双腿已经迈不动了，但她想的却是烈士的坟墓需要继续照料，红军精神需要继续发扬。

三、徐凤仁老人深情传嘱托

　　一天，徐凤仁把年近而立的孙子叫到跟前，将藏在心头多年的秘密向孙子全盘托出，希望孙子能接过每年祭扫烈士墓的任务，孙子二话没说，一口答应下来。

　　从此以后，人们发现清明节赴天师殿祭墓的人，由皓首老妪换作了黑发青年，他就是当年角头山村红军通信员徐凤仁的孙子——纪法根。

　　纪法根从小淳朴善良、低调谦逊，每年上天师殿都是默默地独来独往、不事声张，如果有人问起，他总是以"上山扫墓"简单作答。谁都没意识到纪法根翻山越岭、年复一年祭扫的，竟然是一座与他并无血缘关系的红军烈士之墓。

　　然而，纪法根家的祖墓就在角头山附近，他却每年绕到天师殿祭扫"祖墓"，其中必有隐情。为此，家住县城的民间人士汪建民先生，于2013年专程到角头山拜访纪法根老人，经不起热心人再三追问，老人这才将80年来祖孙两代坚持祭扫背后的故事和盘托出。

　　汪建民深受感动，他根据纪法根的叙述上山找到了无名红军烈士墓，而后自筹资金、拟定碑文、打造墓碑并邀请一群好友共同护送墓碑到天师殿，为红军烈士举行了隆重的墓冢修建仪式。

　　接下来的日子里，汪建民了解到纪法根老人年过古稀、腿脚不便，对于上天师殿扫墓一事已力不从心，一直纠结于由谁来继续为无名烈士墓祭扫。为此，汪建民联系东姑村乡贤，多次组织社会各界人士到天师殿聚会，共同祭扫红军烈士墓，借此将遂昌牛头山红军暴动的事迹以及徐凤仁、纪法根祖孙80年如一日坚持祭扫的善举昭告于天下，这便是"遂昌红军暴动90周年纪念活动"的由来。

　　光阴荏苒、世事变迁，近十年来，在汪建民和东姑村乡贤的努力下，牛头山天师殿已经成为当地政府、学校和社会各界追寻红色革命足迹的圣地，每年都有很多人慕名而来，祭奠在革命战斗中牺牲的红军先烈。虽然大家不知道这位红军战士的姓名，但他为革命献身的大无畏精神，一直激励着人们不断前行。

一座红军无名烈士墓，在将近百年的时间里，被牛头山村民自发守护，就像守护心中的一座灯塔，这不仅是对这位烈士的无限崇敬，更是红色革命精神接力棒的代代传承。

（遂昌县革命老区开发建设促进会供稿，晓路改编）

胡家六英烈

兄弟齐心献身革命

　　在浙江文成县玉壶镇金星岩门村，有一处静谧的烈士墓，合葬着胡从点、胡从登、胡从昆、胡从通、胡从威、胡从慎，这六位英雄兄弟，无声诉说着 80 多年前一家六英烈悲壮的革命征程。他们长眠于此，用生命和血肉，谱写了感人至深的家族传奇。

一、加入红军的热血岁月

　　1930 年 5 月，红十三军在永嘉成立，吸引了永嘉、瑞安、青田等地的贫苦农民，他们怀着一腔热血，如奔流的江水一般向红军汇聚，革命风暴席卷浙南大地。当时，胡从登、胡从昆、胡从通三兄弟在青田做帮工。有一天，他们目睹红军奋勇打击土豪、分发财粮给百姓的景象，深受触动。他们坚信，红军就是他们心中渴望的队伍。于是，三兄弟毅然报名参军，被编入红十三军红一团，成为革命洪流中的新生力量。

　　在这之后不久，胡从登返乡传播革命思想，积极发展红军力量。他向母亲和兄弟讲了他和从昆、从通参加红军的经过，母亲听后十分高兴。其他三兄弟也渴望加入红军的队伍。老大胡从点由于跛脚，担心参加武装斗争多有不便，决定留在家里伺机协助红军；老六胡从慎年仅13岁，尚未成年，母亲许诺等他成年便让他去参军。于是，只有老五胡从威选择跟随哥哥胡从登一同加入红军队伍，从此，他们毅然决然地踏上了这条充满荆棘的道路。

胡从登在岩门村周围继续秘密进行着革命宣传工作，讲述红军如何打土豪，如何为穷苦百姓分粮送药的事迹。他告诉人们，唯有共产党才能帮助穷人争取幸福生活。在他的影响和宣传下，共有五六十人离开家园，勇敢地加入了红十三军的队伍，为了实现共产主义理想，义无反顾地投身到革命浪潮之中。

胡从登在家乡开展秘密活动的同时，中共瑞安县委书记郑贤塘和大峃区委书记周醉樵也在这一带发展党组织。胡家兄弟的理念与共产主义信仰相契合，因此，胡家兄弟也顺理成章地加入了共产党，胡从登还担任了岩门村党支部书记。

然而，红十三军在一次次的斗争中遭遇了挫折，为了保全力量，红军决定在青田、永嘉和瑞安边界地区进行游击战斗，让大部分战士分散隐藏，等待时机。胡家兄弟也奉命回到家乡休养生息，为将来的斗争积蓄力量。

二、六英烈坚决捍卫信仰

1935 年 9 月中旬，红军挺进师在高村打土豪、杀田粮官，与土豪恶霸展开激烈斗争。胡家兄弟们听闻这个消息，迅速赶往离家 15 公里的高村。他们将红军接到自己家，并积极向红军介绍了附近各村的情况。胡从登也积极响应，加入了挺进师领导的浙东南地区游击队。与此同时，胡家的其他兄弟，包括从昆、从通、从威、从点以及刚刚年满 18 岁的从慎，也参加了游击队和当地农会等组织。从此以后，岩门村便成为了红军挺进师活动和落脚的常驻之地。

1935 年 9 月 17 日深夜，胡从登等人担任向导，带领着红军深入底托坑，到恶霸地主家筹集粮饷。他们打开了粮仓，将宝贵的粮食分发给饥寒交迫的老百姓，还将地主家中用于欺压老百姓的账簿和契约付之一炬。地主认出了队伍中的胡从登，急忙前去温州保安司令部告发。

接到告发后，温州保安司令部于 1935 年 11 月 12 日清晨，派遣了一支分队到岩门村搜捕胡从登。胡从登毫无防备，不幸被捕，落入敌人手中。

就在同一天的上午，地主恶霸再度出现，他们率领一支 120 人的反动保安队，涌向了岩门村，抓住了胡家的老三从昆和老四从通，并将他们关押在青田县监狱。反动派未经审讯就在 11 月 13 日下令将胡从昆和胡从通枪杀。牺牲时，胡从通年仅33岁，胡从昆36岁。

红军挺进师在瑞安、青田边界频繁活动，使敌人大伤脑筋。胡从登被捕后，敌人大喜过望，认为可以从他口中审问出红军挺进师的实力和动向。然而，在敌人近一年的严刑拷打下，胡从登从未屈服，1936年10月的一天，在温州被敌人枪杀，年仅39岁。他是坚定的卫士，用沉默不语守护着红军的机密，最终为信仰献出了宝贵生命。

胡家六兄弟中，已有三人惨遭杀害，但敌人仍不肯罢休。1936年11月，副乡长、恶霸地主串通国民党青田县自卫团头目，派兵到岩门村抓捕胡从威等三兄弟。胡从点因残疾无法行走，只得藏匿在猪舍中，但最终还是被敌人发现并残忍杀害，牺牲时45岁。胡从威和胡从慎则逃至龙天岗的益盏家，但遭到告密，也不幸被捕。

这个家庭为了正义和理想，有四位勇士牺牲，两位被捕。胡母痛不欲生，她目睹了六个儿子为革命奋斗却惨遭敌人迫害。爱子心切的她恳求敌人给自己留下一个儿子，以延续家族血脉。然而，灭绝人性的敌人残忍地将胡从威和胡从慎活活钉死在南田龙上后畔山上。牺牲时，老五胡从威28岁，老六胡从慎年仅19岁。

胡家六兄弟为革命献身的大无畏精神一直激励着我们，即便血脉相连的亲兄弟接连牺牲，他们也奋勇向前。在革命的历程中，还有许多如胡家兄弟一般的人，

"一门六英烈" 革命烈士墓

平凡而又伟大，如一颗颗坚强的种子，播撒在中国的大地上。平凡之人也可以创造不平凡的历史，只要心中有信仰，只要肩上有责任，只要为了人民幸福、为了正义，总有人义无反顾，勇往直前。

（文成县革命老区开发建设促进会供稿，郑心怡改编）

黄家姆妈

呕心沥血养育烈士骨肉

20 世纪 30 年代，四明山梁弄镇的秀房弄里有位沈冬梅奶奶。因夫家姓黄，大家便都叫她"黄家姆妈"，简称"黄妈"。黄妈早年亡夫，育有一女，名叫黄慧姬。母女俩相依为命，日子虽然艰苦，但也过得有声有色。然而，她们的人生轨迹因为一个孩子的到来悄然发生变化。

一、受女儿影响投身革命

黄妈原先总认为自己的不幸是命中注定，思想迷信，喜欢求神拜佛，生活态度也比较消极。女儿黄慧姬毕业于上虞春晖中学，上学时学习了先进的文化知识，接受了党的思想教育，后加入中国共产党，投身革命。自从女儿参加革命以来，经常有一些年轻人来家里做客，见到黄妈就亲热地称呼"黄家姆妈""黄奶奶"，陪她聊些家长里短。女青年帮她洗衣择菜，男青年帮她劈柴挑水，就像她亲生儿女一样。黄妈也把他们看作自家人，总是热情招待大家，常为他们缝补衣服，对他们关怀备至。年轻人的到来让黄妈家的氛围不再沉闷，充满生机，整日笑声不断。当这些年轻人在家里开会，黄妈就主动站岗放哨，做掩护工作。平日里，黄妈母女俩省吃俭用，但只要革命事业需要，有人遇到困难，她们就会出手相助、慷慨解囊。

当女儿成家后，为支持女儿、女婿全身心投入革命工作，黄妈离开老家梁弄，去虞南山区生活。女儿、女婿经常因为工作外出，黄妈一人操持家务，勤俭持家，她为人随和、慷慨，邻里关系非常融洽。突然有一天，3个衣着异样的人闯进屋里，进门就盘问黄妈从哪里来的，来这里做什么，家里几口人。幸亏事先预料到可能会出现这样的突发情况，黄妈不慌不忙地按照准备好的说辞一一回答，左邻右舍闻声也来帮着圆场，才把特务们应付走了。为避免夜长梦多，防止特务再来盘查，黄妈一家连夜转移。

二、含辛茹苦抚养烈士骨肉

全面抗战爆发后，时任中共四明地委书记的陈洪与夫人舒文因工作需要来到梁弄，借住在黄妈家里。

不久，黄妈女儿黄慧姬生下一男孩，取名赵小龙。看到白白胖胖的外孙，做了外婆的黄妈喜不自胜。同年7月，舒文在黄家也生下一个男孩，取名陈小洪。在革命形势日益严峻的情况下，陈洪夫妇无法照顾、抚养孩子。当黄慧姬把这一情况告诉母亲时，黄妈毫不犹豫地表示："我来抚养小洪！"

当时国民党特务活动猖獗，一户普通农家要同时抚养两个差不多大的孩子，又该如何避开周围的眼睛呢？母女俩商量后毅然决定把亲生的赵小龙寄养到别人家，而把陈小洪留在身边。黄妈将陈小洪认作外孙，并雇一个保姆照顾以掩人耳目。对于一个深受封建礼教影响的农村妇女来说，作出这样的抉择，是多么不容易啊！

1943年11月19日，陈洪在战斗中不幸中弹牺牲，夫人舒文闻此噩耗，痛不欲生。黄妈知道消息后，也食不知味、夜无寝意，沉浸在痛苦之中。从此，她对小洪更是精心呵护，关怀备至。然而，祸不单行，小洪突然发病，患上小儿麻痹症，治愈后依然留下了腿脚行走不便的后遗症。对此，黄妈心中充满了深深的自责。

1945年抗战胜利，新四军浙东游击纵队奉命北撤，黄妈的女儿、女婿和舒文都要随军北撤。这时，两个才两岁多的孩子怎么办？随部队北撤，肯定困难重重，吃食都是问题；把两个孩子都留在梁弄，由于黄慧姬和丈夫赵虞的身份已经暴露，国民党随时会来调查抓捕，孩子一定会受到牵连，母女俩陷入苦思之中。

后来，黄妈带着自己的外孙小龙和舒文的儿子小洪去女婿赵虞的老家嵊县避难，过了一段安稳的日子。天有不测风云，来到嵊县才一年多，1947年秋，外孙赵小龙突然感冒发烧，咳嗽不止，请乡下郎中治病未见好转，加上农村缺医少药，逐渐发展为急性肺炎，不久后病亡。黄妈哭得不能自已，瘫倒在地。

1948 年，人民解放军节节胜利，战争进入了夺取全国胜利的战略决战阶段。黄妈带着失去外孙的悲痛，坚持带小洪回到了梁弄。

三、临终前仍念念不忘

1949 年 1 月 10 日，淮海战役胜利结束。远在江北二十军工作的黄慧姬、赵虞夫妇想着不久就能打过长江，见到日夜思念的母亲和儿子小龙，舒文同样盼着与心爱的儿子小洪尽快相见，他们的内心都久久不能平静。

可就在这胜利的前夕，黄妈病了，而且病情来势凶猛，她自知时日无多，仍放心不下年幼的小洪。孩子才五六岁，自己走了，他怎么办呢？在弥留之际，她将侄女黄慧江请来，当面将小洪托付给她，对她说："这是烈士的骨肉，革命的后代，一定要好好抚养，有朝一日健康地交回给他的母亲！"

就这样，黄妈万分不舍、含恨离世。善良的她一生坎坷、历尽人间风霜，还没来得及看到革命胜利，没有亲眼见到即将归来的女儿、女婿，就永远地离开了人世。

革命胜利了，全国解放了，黄慧姬火急火燎地往梁弄赶，可迎接她的却是母亲和儿子都已不在人世的消息，她悲痛欲绝。小洪的母亲舒文拜托在杭州的老战友到梁弄把小洪接出来，安置在省保育院，后送到干部子弟小学念书，并为其改名为舒小洪。

舒小洪长大后在杭州工作，退休后定居上海。他从未忘记黄妈的养育之恩，在一篇纪念文章里深情地写道："我小时候因为发烧，缺医少药，得了小儿麻痹症，这是残酷的战争和艰苦的环境造成的，但我还是顽强地活下来了。我要牢记四明山人民的恩情，永做四明山人民的儿子。"舒小洪后来多次到四明山祭拜父亲，也会回到当年和黄妈一起生活过的地方，回忆黄妈当初悉心照顾他的点点滴滴。

（余姚市革命老区开发建设促进会供稿，原作者戚南强，

郑心怡改编）

邱老金

从绿林好汉成长为红军游击队长

　　他独自下山，对着敌人吼道："你们要抓邱老金，我就是。把百姓放了，我跟你们走！"这是何等的豪气干云，义薄云天。邱老金，从一个劫富济贫的绿林好汉，成长为战功卓著的红军游击队大队长，被称为翱翔在浙西天空中的雄鹰。

　　邱老金原名邱金炳，1934 年加入红军，曾任中共开（化）婺（源）休（宁）中心县委常委、县游击大队大队长、中共浙皖特委常委、浙皖军分区司令等职，为创建开婺休游击根据地作出了重要贡献。

一、从小习武的绿林好汉

　　1894 年 10 月，邱老金出生于浙江省开化县长虹乡昔树林村的一个贫苦农民家庭，父母早亡。十多岁时就给地主家做长工，干的是牛马活，吃的是猪狗食，还常遭到打骂和凌辱。因此，他从小仇恨为富不仁的地主豪绅，对贫苦农民则充满同情之心。他开始广交贫穷弟兄，并决意学习武艺。他费了许多周折，拜邻村一位习武老人为师，无论寒冬酷暑，坚持早起晚睡，勤学苦练，终于练就了一身好武艺。

之后，邱老金集结了20多个脾性相投的贫穷弟兄，在浙江开化、江西婺源、安徽休宁一带山区劫富济贫。方圆百里内的土豪劣绅，咒骂邱老金为"贼金"，但当地穷苦农民心里向着邱老金，称他为"金伯"。

1931年初，方志敏创建和领导的赣东北革命根据地开始向浙江开化境内发展。1933年9月17日，红十军在军长王如痴的率领下，又一举攻克开化县城。红军每攻下一地，就四处张贴"打倒土豪劣绅""铲除贪官污吏"等标语，发动群众打土豪，分粮分地。这一切都被邱老金看在眼里，他萌发了追随共产党和红军的想法。不久，他组织了一支数十人的游击队，仿照红军的做法，在长虹乡库坑村一带活动。1934年3月，邱老金率队正式加入红军游击队，从此结束了他的绿林生涯。

二、行踪飘忽的红军游击队队长

邱老金个子中等，但长得虎背熊腰，健壮结实，他作战勇敢，胆大心细，十分机警，再加上一身好武功，部下都很敬佩他。1934年秋，党组织派赵礼生到邱老金游击队工作。两人相处融洽，配合密切，在多次战斗中都取得了胜利。在赵礼生的启发教育下，同年冬，邱老金加入了中国共产党。

开婺休三县边界山峦起伏，草木丛生，道路险阻。邱老金十分熟悉这一带的山路，常常利用有利地形打击敌人。皖浙赣三省的敌军多次组织会师"围剿"游击队，但邱老金总是有办法在危急之中带队穿林入谷，迅速摆脱敌人。敌人曾无可奈何地在报纸上公开承认：邱老金的游击队"若遇国军追击，即循环流窜，由开化入婺东，由婺东入休南，由休南复归开化，行踪飘忽，来去无常"。敌人不但消灭不了邱老金所率领的游击队，且每次都损兵折将，以失败告终。

1935年5月，根据中共闽浙赣省委的指示，开婺休中心县委成立，赵礼生任县委书记，邱老金任县委常委。同时，成立了开婺休游击大队，邱老金任大队长。此后，他率领这支队伍在十里坑口和辛田村屡战国民党保安队，毙敌多人，游击队愈战愈勇。

邱老金过去对地主豪绅和有钱人家一概采取仇视并打击的办法，这时他根据党的政策学会了区别对待，团结争取了一批支持红军的地主富户。由于有广大群众的坚决拥护和支持，他率领游击队和敌人作战，如同玩捉迷藏一样，来无影，去无踪。有几次，游击队被强敌紧追，难于脱身，他们即遁回开化西坑后山等处，把枪械埋藏起来，分散藏到百姓家中，群众很快给他们换上衣服掩护起来。敌人追到后，"孰匪孰民，无从辨认"，当地的保、甲长也为之袒护。敌军无法，只好撤离。但等敌军一走，邱老金等人又拿起武器，集合起来开始新的战斗。

邱老金的游击队在战火中不断壮大，到 1936 年 3 月，开婺休地区共建立党支部 110 个，发展党员 486 名，另建立团支部 20 个，游击范围不断扩大，闽浙赣根据地浙西一翼的革命形势发生了可喜的变化。

1936 年 7 月初，皖浙赣红军独立团在团长熊刚、政委刘毓标的率领下，从皖南抵达开化何田乡福岭山、柴家一带，同邱老金的游击队会合。在邱老金的建议下，邱老金、宋泉清等带领红军游击队配合独立团攻克开化城，取得开化大捷，迅速壮大了红军的声威。

中共浙皖特委成立后，邱老金率领浙皖独立营活动于遂安县的木花坑、大源、横源、鲁家田、苦竹坪一带。9 月 20 日，又突然挥戈向东，在严忠良等部的配合下，攻克衢州上方镇，开辟了东西长 100 公里、南北宽 50 公里的千里岗游击根据地。

三、挺身而出的孤胆英雄

浙皖赣边境红军游击队的革命斗争，引起了国民党当局的极大不安。1936 年 11 月 4 日，国民党调集 10 余万兵力对四省边区红军进行全面"围剿"。

国民党军队采取分进合击、搜山烧山、移民并村以及联保具结等残酷手段，步步进逼。1937 年 2 月，邱老金和赵礼生率领浙皖独立营在开化何田一带，与国民党八十八师多次激战，部队遭受严重损失。6月，在一次遭遇战中，浙皖独立营不幸被分割包围，邱老金和20多名游击队员被围困在山上。由于移民并村，敌人控制甚严，邱老金等人弹尽粮绝，只能在山上靠挖竹笋、采野果、喝山泉充饥。白天为了摆脱国民党军的搜捕，常不断转移山头；夜晚还要防备对方的偷袭和野兽的侵害。

为了抓获邱老金，国民党反动派把昔树林和里后山两个村的村民全部集中起来，架起机枪，扬言若不交出邱老金，就烧毁村庄，并将村民全部枪杀。邱老金闻讯，心如刀割，想自己参加红军闹革命就是为了解救穷人，现在岂能为自己一人，害得全村父老无家可归、性命难保，好汉做事好汉当。于是，他独自下山，对国民党军说："你们要抓邱老金，我就是。把百姓放了，我跟你们走！"

国民党反动派抓到邱老金后大喜，连夜将他押解至衢州。一面加紧诱降，一面在报纸上发布消息，称中共浙皖特委委员、浙皖军分区司令邱老金已下山"投诚"云云。但是，任凭反动派软硬兼施，邱老金宁死不屈。9月的一天，邱老金趁着看守不备，越狱逃回开化。不幸的是，在他回开化的第二天，便在中村乡石灰岭被一个反动保长发现，再次被捕入狱。这时，抗日战争已全面爆发，根据国共和谈协定，各地国民党政府已陆续释放政治犯，但国民党开化县政府却置此协定于不顾，于

中共浙皖特委纪念馆

1937 年 12 月 7 日，将邱老金杀害于开化城东郊水碓边河滩上。

邱老金牺牲后，当地群众自发为金伯开了追悼会。开化人民一直深情地怀念着邱老金，称他是翱翔在浙西天空中的雄鹰。革命烈士邱老金的英名将永远铭记在开化人民的心里。

（开化县革命老区开发建设促进会供稿，童未泯改编）

红军标语墙

群众世代守护的红色印记

　　浙江红色资源丰富，每一个历史事件、每一位革命英雄、每一件革命文物，都代表着我们党走过的光辉历程、取得的重大成就。其中，被各地群众世代守护的红军标语墙，更是难以磨灭的红色印记，见证了老区群众的思想觉悟和红军抗日救国的决心。

一、汤畈红军标语墙，四代人守护88年

　　1935年7月，粟裕、刘英领导的挺进师第一纵队一直战斗在浙江西南一带。第一纵队的100多名红军战士，在纵队长王屏的率领下，向东转战进入缙云县东方镇，来到一个叫汤畈的小山村。这里村民多为贫苦人家，淳朴善良。红军部队经过多天的急行军，战士们都精疲力尽，纵队长王屏决定前往此处暂作休整。

　　7月22日凌晨，村民李秀龙正在吃早饭，突然听到一阵脚步声传来，抬头发现，小路上正有一队军人模样的队伍向家门口这边走来。他们身穿灰色土布军装，

头戴五角星军帽，有人背着枪，有人拿着大刀或梭镖，虽然看上去有些疲惫，但仍排着整齐的队伍。一个领头的军人面带微笑，向他走了过来。

"老乡，别怕。我们是红军，是穷人自己的队伍。"纵队长王屏说，"我们想在这里暂作休整"。

"红军，你们是红军？我早就听说过了，是专门打坏人的队伍，快进我家休息吧。"李秀龙热情地招呼红军战士在自己和邻居家里住下。王屏安排了岗哨，并要求村里人不能走漏任何消息。

为了更好地宣传革命主张和红军的政策，一纵队负责宣传的红军战士与李秀龙商量，想在他们家天井的墙上写一些标语，李秀龙爽快地答应了，于是便有了这面书写着 24 条宣传标语的红军标语墙。

"拥护中国共产党！"

"共产党是抗日反帝唯一的坚决执行（者）！"

"要打倒帝国主义！"

"反对国民党抽丁拉夫！"

"红军（是）帮助贫苦工农的军队！"

"红军为工农谋利益！"

……

7 月 23 日，红军离开汤畈村，转战东方镇横塘岸、盛园、陈坑、南田等地，后进入仙居县一带活动。红军走后，为了保护好红色标语，李秀龙先用石灰水在墙上刷了保护层，又在墙边堆放柴草，把标语遮挡起来。后来又在墙脚种上万年青、金钥匙、无花果等植物进行遮掩，使红军标语成为当时不为人知的红色秘密，被保存下来。

1950年夏天，新中国的形势已经稳定。李秀龙想让红军留下的宣传标语展露真容，就把这个秘密告诉了侄子李志端和儿子李子成，并让他们一起清理杂草、洗刷保护层，买来笔墨毕恭毕敬地把红军标语按原笔迹重新描绘出来。李秀龙语重心长地告诉孩子们："这是红军留下来的种子，要在你们心里生根发芽；成为像红军战士那样的人，为百姓多做有益的事。"受父亲的影响，李子成在1959年7月加入中国共产党。到目前为止，李秀龙的子孙中有8人加入了中国共产党。

几十年的风雨历程，红军标语墙也差点被毁掉。20世纪60年代，在"破四旧"的风潮中，有人想拆毁标语墙，李秀龙和李子成用身体挡住几个闯进门的"愣头青"。李子成激动地说："这是红军留下的'传家宝'，看你们谁敢动一下！""愣头青"们看到他俩怒气冲天的样子，只好溜走了。

改革开放之后，李家的子孙都离开了老屋。虽经孙子李武传加固，但红军标语墙仍有坍塌的危险。2013年，李子成的后辈向政府有关部门汇报了情况，政府出资修缮了老屋，并为红军标语墙搭建防护走廊，使它免受风吹雨淋。现在这面红军标语墙已成为缙云县重点文物保护单位、缙云县爱国主义教育基地和国防教育基地，列入丽水市第一批革命遗址名录、浙江省第一批革命文物名录。

如今，孙辈李武周既是业余文保员，也是红军标语墙的讲解员，而李家第四代的李胜则负责老屋打扫和红军标语墙的保护工作。

二、智斗国民党，余婆婆守护白马红军标语墙

在杭州市淳安县枫树岭镇白马片大桥头村，也有一面远近闻名的红军标语墙，它不仅是淳安县县级文物保护单位，还被列为杭州市市级爱国主义教育基地。

1934年9月17日，中国工农红军北上抗日先遣队进驻淳安县白马乡，并在乳洞山一带打退了浙江保安团的进攻。第二天，全军进入白马、里湖、石柱口、余村一带。恰逢9月18日，先遣队为纪念"九一八"事变，在白马村召开了纪念大会，并开展声势浩大的抗日宣传活动。这期间，红军还在许多民房写下抗日标语，特别是白马大桥头村俞姓小祠堂墙上的标语，在当地村民的精心保护下，一直保留至今。

标语共有24条，其中19条是为纪念"九一八"事变，3条以反对帝国主义侵略为主题，1条为"争取苏维埃救中国的胜利"，还有1条为"消灭阻止红军北上抗日的国民党军阀来犯"。标语署名为"红军北上抗日先遣队医……（宣）"，可能是由医疗队或医务处所留。据当地村民回忆，写标语的是一位十六七岁的少年红军。

那么这些标语在那种恶劣条件下，是如何被保存下来的呢？

据老人们回忆，当时村里有位老婆婆，名叫余金凤。1934年，红军在她家菜园墙上写了几行标语："中华苏维埃万岁！""打倒国民党匪军！"斗大的字，用红土书写，太阳一照，十分耀眼。红军北上后，村里的人只要想念红军战士，就跑到这面墙前来看看这些标语，久久不愿离开。

那时，国民党搞"清乡"运动，如何把这些标语保存下来是个难题。余婆婆想出个一个好办法，她上山砍了好几十根杉树条，一排拦靠在墙上，在杉树条边种上一排南瓜，瓜藤在杉树条上爬啊爬，像渔网一样密密地裹在上面，就把标语墙遮了个严严实实。国民党白匪兵第一次来村子搜查，搜来搜去，也没有搜到红军标语。

后来临近年关，有人到国民党那去告密，白匪兵又来搜查。搜到菜园时，余婆婆赶忙过去两手一拦，恳求着说道："排长啊！你们行行好，弄倒了这堵墙，我可修不起啊！"匪兵排长眼睛一瞪，说道："倒了就倒了，如果查出红军标语还要杀你的头！"说完就让匪兵们动手撤南瓜藤、拆杉树条。这些南瓜桩打得又紧又深，加上寒冬腊月、寒风刺骨，南瓜藤又枯又燥，紧紧缠绕在杉树条上。折腾了好一会儿，杉树条已被匪兵扳倒三四根。

眼看着红军标语就要被发现，机智的余婆婆立马使劲摇了摇放在一旁的 3 个蜂桶，只听"轰"的一声，成群的蜜蜂从桶里飞出来，围住匪兵拼命叮咬。他们的手、脸都被叮得肿了起来，最严重的当数匪排长，他头上满是包，眼睛也肿得厉害，连路都看不清楚。无奈之下，国民党士兵只能互相搀扶着，瘪塌塌地撤走，红军标语墙就这样被保存下来。

1985 年，淳安县把此墙定为县级保护文物，并对其进行了维修。红军标语墙见证了中国共产党抗日的决心，唤醒了民众，也鼓励了民众，对于当地积极抗战具有重要的推动作用，在今天则是不可磨灭的红色印记。

（缙云县、淳安县革命老区开发建设促进会供稿，周晚改编）

竹口战斗

先遣队大捷闪耀红军桥

　　丽水市庆元县东北部是洞宫山脉，西南部是浙闽边境的仙霞岭，竹口镇位于庆元西北，有竹口溪流经全镇，因溪得名。该镇是庆元通往龙泉的必经之路。竹口战斗发生在竹口镇后坑桥一带。后坑桥位于竹口镇枫堂村，系木拱廊桥，始建于清康熙十年（1671 年），重修于光绪十一年（1885 年），并于 2001 年落架大修。因竹口战斗大捷，为北上抗日先遣队扫清了障碍，当地老百姓亲切地把后坑桥称为"红军桥"。

一、北上抗日遭堵截

　　1934 年 7 月，中国工农红军北上抗日先遣队由6000 余人组成，拥有 3000 多支长短枪，在军团长寻淮洲、政委乐少华、政治部主任刘英、参谋长粟裕的率领下，从江西瑞金出发，北上抗日。8 月 26 日至 9 月2 日，先遣队穿越福建省进入浙江省庆元县境内，先后在举水、周墩、庆元县城、曹岭、小梅一带宿营。一路上，红军纪律严明，不拿群众一针一线，同时向群众宣传党的抗日主张，宣传革命思想，深得广大老百姓的爱戴和拥护。但红军的北上抗日行动，却遭到国民党反动派的阻挠和破坏。红军途经庆元县时，国民党军队先后在岙里、举水、小际头、竹口等地拦截，发生多次战斗，其中以竹口战斗最为激烈。

8月28日，国民党庆元县县长张致远在红军进城前便弃城逃往小梅（今属丽水市龙泉），并向丽水保安分处发电求援，抗日先遣队则趁此时机进入庆元县城。

接到张致远的求援后，国民党浙江省政府立即调遣浙江保安第二支队司令杜志成、团长何世澄率浙江保安第三团，从浦城（今福建省南平市）赶往小梅堵截，又调集原在小梅的丽水保安警察大队400余人和败逃至小梅的庆元县保卫团，三股军警合兵一处，前往增援。当时，杜志成亲自询问张致远"放弃庆元的情形"，张致远凭自己主观揣测，说红军"最多不过千人，枪仅半数"。杜志成得知这个"情报"后，信以为真，非常兴奋，觉得升官发财的机会终于来了。

30日上午，杜志成在小梅对国民党军队进行战前动员。他将38担银圆摆在士兵面前，捧起一大把白花花的"袁大头"，又"哗啦啦"地撒落在箩筐里，问："这是什么声音？这是银圆的声音！想不想要？只要消灭了红军，这些银圆就是你们的了！"于是，国民党军队士兵为抢头功，连刚烧好的中饭也不吃了，急吼吼地赶往竹口后坑桥一带围追堵截。

二、严防死守巧布兵

8月30日拂晓，工农红军北上抗日先遣队离开庆元县城。上午10时许，红军先头侦察部队、军团部和二、三师分别抵达黄坛、新窑（今庆元县境内）一带，首尾相距5公里。第一师一个连在距竹口1公里处、海拔310米的瓦窑山担任警戒，并向培兰亭（今庆元县境内）派出哨兵。侦察部队则向距离竹口2公里的后坑桥方向搜索前进。

30日下午1时许，从小梅方向赶来的国民党军队与红军先头侦察部队在竹口后坑桥附近遭遇，并向红军开枪。红军先头侦察部队迅速退至培兰亭，见防守困难，再退守瓦窑山抢占制高点，并立即向军团部报告军情。

接报后，红军第一师指挥所先派两个连跑步增援瓦窑山阵地，又派出一部分兵力在竹口枫堂村布阵，再向竹口西侧对面山头派出警戒，连成防线。师部从大路撤至竹口后东侧的东山寨，同时向军团首长报告在竹口遇敌情况。军团首长接报后，留下三师一个营在黄坛断后，阻敌援兵，其余部队随同军团部迅速开往竹口。军团指挥部设在竹口对面山上，寻淮洲、乐少华、粟裕等人亲临阵地指挥。

竹口激战从下午3时开始。敌军占领后坑桥、培兰亭后，开始向官山山坡推进。浙保三团敌人用迫击炮、轻重机枪开道，连续发起十几次猛烈进攻，欲一举拿下红军瓦窑山阵地。红军守住正面通道，顶住了敌人一次次冲锋。在红军二师占领东山亭前面的高地后，红军指挥所前移到东山亭，又派第一师的一个连从竹口向山角林东侧包抄，形成"凹"字形口袋，与瓦窑山阵地相呼应，两翼夹击，进一步遏制敌人的进攻。

三、反守为攻破敌军

夜幕降临，善于夜间作战的红军开始组织反攻，分左右翼包抄敌人。第三师一个营奉命迂回到官山西侧发起突袭，敌人猝不及防，指挥所被红军捣毁。第二师一个营从东山亭西侧沿下济溪逆水而上，经洋源折向前后岗，直插敌后，突袭并摧毁敌人迫击炮阵地，抢占了制高点。敌人顿时阵脚大乱，丢枪弃炮，四处逃窜。红军趁机发起猛烈反攻，势如破竹。

战至深夜 12 时许，浙江保安第二支队司令杜志成眼见大事不妙，立马弃兵潜逃，逃至小梅后向上司求援，声称"以伤亡过众，众寡悬殊，知难转移战局"。国民党浙江保安处接电后，为防止红军袭取龙泉，令杜志成召集残部退到龙泉城内设防待援。杜志成率残部狂奔百里，于 8 月 31 日 18 时许逃入龙泉县城。浙保三团团长何世澄逃至龙泉县天妃宫时，只剩一名警卫员跟随，两人走投无路，畏罪自杀。庆元县保卫团副团长丁南在战斗中被当场击毙。

竹口战斗打响时，国民党庆元县县长张致远尾随助阵，躲在竹口山上树林里观战，见援军保安团惨败，只好继续潜伏。9月1日，战斗结束后，抗日先遣队接到老百姓报告说张致远还躲在竹口，立即派一小分队追捕，在后坑桥附近一个菇寮（指当地种菇山民临时住宿的简陋棚舍）内将其活捉，后押往福建省崇安县。

四、大捷闪耀照汗青

8月31日凌晨，红军清理战场，25名红军指战员在战斗中牺牲，长眠于竹口。这次竹口战斗，共歼敌300余人、俘虏200余人，缴获迫击炮2门、轻重机枪10多挺、长短枪200多支及大批弹药物资。在缴获的战利品中，还有38担银圆赫然在列。红军先遣队向中央汇报以后，中央指示把这38担银圆交给闽北红军，再由闽北红军转交中央。这些银圆在一定程度上缓解了中央当时的财政困境。

9月4日，中央机关报《红色中华》作了特别报道，竹口战斗一时声威大震，载入史册。这次战斗，是中国工农红军北上抗日先遣队自江西瑞金出发以来，进入浙江后取得的第一次大捷，是缴获战利品最多的一个战例，也是红军野战歼敌中反守为攻最成功的一个战例。

（庆元县革命老区开发建设促进会供稿，张娟群改编）

溪头战斗

红军挺进师入浙第一仗

龙泉自古人文昌盛，史称"衣冠文物甲于诸邑"，被誉为"处州十县好龙泉"，是著名的青瓷之都、宝剑之邦、中华灵芝第一乡。龙泉水流三江，一直是浙西南交通枢纽，素有"瓯婺八闽通衢""驿马要道，商旅咽喉"之称，是从福建进入浙江的主要通道。1935 年，刘英、粟裕率领中国工农红军挺进师，由闽入浙开辟新根据地的第一站就是龙泉。由此，红军挺进师打响了入浙战斗的第一枪。

一、红军挺进浙江

1934 年 10 月，中央红军主力退出中央苏区，进行战略转移。此前，中央革命军事委员会于 6 月下旬，令红军第七军团改编为中国工农红军北上抗日先遣队，深入闽浙赣皖国民党统治区后方，宣传推动抗日运动，开展游击战争，建立新的苏维埃根据地，牵制围攻中央苏区的国民党军队，掩护中央实施战略转移。

　　1935 年 1 月，先遣队在赣东北怀玉山地区遭国民党军队重兵包围进攻，大部分指战员牺牲或被俘，仅粟裕率领的先头部队突出重围，与闽浙赣省委会合。省委随即向刘英、粟裕传达了苏区中央分局转至的中央指示，命令以抗日先遣队的突围部队为基础，迅速组建以粟裕为师长、刘英为政委的中国工农红军挺进师，进入浙江境内，开展游击战争，创建苏维埃根据地，以积极的作战行动打击、吸引和牵制敌人，保卫闽浙赣基本地区和邻近的根据地，从战略上配合中央红军主力的行动。2 月下旬，挺进师组建完毕，全师共 538 人。

　　当时，浙江是国民党统治集团的后院，反动势力盘根错节。相较而言，挺进师兵力较弱、根基尚浅，进入浙江行动，处境极为险恶。途中因遭敌袭击，仅有的一部电台被毁，挺进师与上级失去联系，陷入孤军奋战的境地。全体指战员坚决执行中央决定，抱着誓死挺进浙江的坚定决心，毅然踏上挺进浙江的征途。

　　3 月 23 日，红军挺进师由闽北根据地出发，向东挺进浙江。25 日上午，部队翻过闽浙交界的浦城县马迹岙，进入龙泉县宝溪乡高山村。

二、侦察员智擒探子

　　3 月 25 日上午 10 时许，先行的侦察员翻过了高山村，来到坑口村。在村边的象溪凉亭里，看到一个当时称为"担糖客"的货郎，正跷着腿，抽着香烟。

侦察员上前问道："你是哪里人？从哪里来的？"

"担糖客"一双眼睛疑惑地看着侦察员，操着不太标准的本地话回答："从可（坑）口来的，想到包（高）山去！"

侦察员又问道："你担着一些什么东西？"

"没，没有什么！""担糖客"一边说，一边急忙掀开货筐盖，向货筐里伸手。

侦察员一个箭步上去，扭住了"担糖客"的胳膊，从货筐里翻找出一支短枪。经审问，这个"担糖客"正是敌人的探子。通过突击审查，侦察员从探子口中把敌人保安队的情报了解得一清二楚。

原来，当时在宝溪乡的溪头村等地，国民党驻扎着一个保安中队的三个分队，分别由姓夏、姓周和姓陈的三个分队长带领。他们一获得红军有可能从这一带进入浙江的消息，就在溪头村周围的七峰山、士后岙、后垟、葫芦门、大堂庙弄等处修筑了碉堡工事。

侦察员马上向部队首长汇报了一线情报。粟裕分析敌情后，随即进行了部署："政治连为后卫，三个纵队分三路，直取溪头村：一路攻占七峰山碉堡，一路攻占士后岙工事，一路攻占溪头大堂庙敌人据点。"

三、敌军一击即溃

根据战前部署，指战员王蕴瑞带领部队，以优势兵力猛烈攻击敌人，七峰山、士后岙、大堂庙等处的敌军碉堡、工事迅速被攻破占领。大堂庙驻点的敌人看见红军主力迅猛到来，乱作一团，慌忙逃命。姓夏的保安分队长向竹垟方向逃跑；姓周的与姓陈的分队长会合后，向八都方向逃跑。溃逃路上，有的敌兵丢了枪支，躲进路旁的灰寮里，用稻草盖在身上；有的钻到田野的草堆里，如惊弓之鸟，丑态百出。

红军进攻到大堂庙，架起机枪，正欲追击敌人时，看到敌军队伍中也有一些不明真相的老百姓。为了不误伤老乡，红军立即停止了追击。一仗下来，俘虏敌兵30多人，缴获了一批枪支弹药，战斗胜利结束。

经过教育，有的俘虏当场表示愿意加入红军；对于要求回家的，供给部长刘达云发给每人四块银圆做路费，让他们回去和家人团圆。俘虏兵们非常感激，表示今后不再替国民党卖命。

红军战士在溪头村贴出安民告示和宣传标语，躲避在附近的村民群众看到后便陆续回村。根据当地群众举报，红军在溪头村抓获了两个地方反动分子，召开群众大会，公诉了他们的罪行，并当即予以处决，大快人心。

溪头战斗，打响了红军挺进师入浙第一枪、第一仗，拉开了挺进师入浙开展游击战争的帷幕。从此，浙西南的青山绿水，见证着挺进师的战斗历程，记载着挺进师的历史功绩，承载着挺进师的不朽精神。

在中央红军主力被迫进行战略大转移、中国革命形势陷入低潮之时，红军挺进师临危受命，孤军深入国民党严密统治的浙江开展游击战争，创建浙西南革命根据地，重燃浙江革命烈火，开展和坚持了艰苦卓绝的三年游击战争。挺进师的斗争，不仅从战略上策应了中央红军主力长征，支援了邻近游击区的斗争，而且打开了浙江团结抗日的新局面，为中国革命输送了一支驰骋抗日疆场和解放战场的革命劲旅，是中国革命史上一座不朽的丰碑。

（龙泉市革命老区开发建设促进会供稿，童未泯改编）

斋郎战斗

红军挺进师入浙后的关键一战

　　1935 年 1 月，苏区中央分局指示闽浙赣省委，要求以红军北上抗日先遣队突围的部队为基础，组建红军挺进师，进入浙江开展游击战争。3 月 20 日以粟裕为师长、刘英为政委的红军挺进师 500 余人，从岚谷（今福建省南平市武夷山北部）一带出发，经浦城县境（今福建省南平市），翻越仙霞岭（今属浙江省江山市），向浙江挺进。

一、艰难转战，选址斋郎设伏

　　面对浙江特别恶劣的斗争环境，兵力较少、弹药匮乏、毫无依托和接应的挺进师要进入浙江，简直是不可能完成的任务。对此，挺进师往返转战于闽浙两省边境的龙泉、庆元、景宁、泰顺、松溪、政和、寿宁等县，打击地方反动势力，打土豪救济贫困，宣传共产党的政治主张，引诱敌人，寻找战机。

　　在一个多月的艰难转战过程中，刘英、粟裕逐步熟悉了浙西南的地理环境，认为庆元县斋郎村是一个适合诱敌深入的战场。斋郎村位于龙泉、景宁、庆元三县交界处，地处百山祖山峰东侧的半山腰，海拔1200多米，山高林密，峻峭险要，村庄居高临下，易守难攻。离斋郎村百米开外的牧牛场山坡开阔，春季草被茂盛、绵延不绝，便于红军部队隐蔽。

于是，4月中旬挺进师开始集结部队，决心以斋郎为战场，利用有利地形，抓住敌人被吸引后调军而至的机会，给敌人以有力打击，创造挺进浙江的条件。

二、军民布局，引诱敌人围攻

4月25日，挺进师主力进抵斋郎村安营备战，指挥部对战斗进行全方位布局。一方面派出以斋郎村村民为向导的5支红军游击小分队下山，分别到景宁县英川等地抓土豪、打恶霸，进一步诱敌包围斋郎；同时在外围侦察敌情，收集情报。另一方面加紧修筑军事防御工事，把战斗主战场放在村外，减少老百姓的损失。当时，红军早已与斋郎村的乡亲打成一片，亲如一家。乡亲们知道红军要打仗，主动配合红军修工事，在斋郎村四周的瓦窑凸、上村凸、后坑亭呑门、猪背脊、外门凸等高地用簟篷（指竹席）搭起了5个瞭望哨所，监视敌情；把通往合湖、烂泥方向的水口木桥拆掉，砍倒大树横卧在石阶岭路中，堆放许多大石块在水口岭上，用路障阻击敌人；在通往景宁英川的牧牛场挖战壕、修工事，做好战斗准备。另外，指挥部决定，战斗打响前，所有非战斗人员带上重要材料撤退到斋郎村头后坑盎凉亭隐蔽。

在挺进师一步步的引诱下，4月27日前后，敌军三路主力部队陆续进军斋郎附近。以李秀为团长的浙江保安第一团1300余人，已从东北方向的景宁县英川向斋郎推进；以马洪琛为团长的福建保安第二团1000余人，已从西南方向进抵庆元县后广村；在反动地主武装唆使下，龙（泉）庆（元）景（宁）三县边境地区的"大刀会"会徒1000多人，从东南方向逼进庆元县合湖、烂泥，形成三面合围之势。此外，浙江保安团王逢欣独立营300多人、驻福建的新编第十师也赶到一线布防，阻止挺进师与闽东红军接应。

三、运筹帷幄，率先破"大刀会"

指挥部刘英、粟裕等分析各路小分队收集来的情报，认为"大刀会"是反动地主武装势力，会徒多为受欺骗、被胁迫的群众，是战斗力不强的"乌合之众"。敌人极可能会抓住挺进师兵力少、弹药缺、无补给、不忍伤害群众的弱点，让"大刀会"打头阵，先对挺进师扰乱和消耗，再出动主力一举消灭挺进师。而福建保安第二团虽已深入庆元县境，但它心怀鬼胎，为保存实力，在把挺进师"赶"出福建后，不会在浙江境内继续冒险卖命。浙江保安第一团兵力较强，团长李秀是松阳人，自视甚高，而且职责所在，必欲全力消灭挺进师。据此，刘英、粟裕精心部署各部任务，务求此战必胜。

4月28日早晨7时许，战斗率先在斋郎村尾水口打响。手持大刀，身着怪服，腰缠红带的"大刀会"果然打头阵，先从斋郎村尾的山脚下发起进攻，见红军已有防守，且石阶岭200多米长的山路坡陡如梯，仰攻困难，只好原路退回。于是，他们改道"按红军事先设计的路线"上岙头淤，想从斋郎村后侧攻击红军。驻守岙头淤的红军极力劝阻对方不要为反动派卖命，但饮过"鸡血酒"、喝了"符咒水"、坚信"刀枪不入"的"大刀会"会徒手舞足蹈，念念有词，挥着大刀杀向红军。挺进师宣传科科长王维信及两名战士当场牺牲。红军被迫还击，用枪击毙为首和冲在前面的会徒数十人。见此情形，其他会徒始知"刀枪不入"真的是骗人鬼话，纷纷掉头逃命，"大刀会"被迅速击溃。

击溃"大刀会"后，这路红军即刻增援主战场——景宁通往斋郎约1公里长的牧牛场山坡。

四、瓮中捉鳖，牧牛场里打"牛"

4月28日上午9时许，从景宁县英川镇方向来的浙江保安团在团长李秀的指挥下，已经逼近红军预先设置的前沿阵地。刘英、粟裕立即将部队主力集中到牧牛场一线，准备投入新的战斗。

红军挺进师在进入浙江时，师长粟裕左手受伤，政

委刘英右手受伤，敌人得知消息后，认为是消灭红军的
大好机会，加紧了围追堵截。李秀为了鼓舞士气，公开
叫嚣，挺进师两个领导只有"一双手"，还怕他们什么。
所以他们一路有恃无恐，骄纵轻进。敌人刚过黄麻岭
时，一支红军小分队集中火力，出其不意迎头痛击，敌
军几名走卒和一名连长当场毙命。这名连长不是别人，
正是敌团长李秀的亲女婿，李秀火冒三丈，组织部队不
顾一切进行疯狂反击。红军小分队根据上级部署，打打
停停，边打边撤，一步步将敌人"牵"入了牧牛场。

　　战斗指挥所设在牧牛场高处，阵地前的情况，被指
挥作战的师长用望远镜看得一清二楚。眼见时机已到，
粟裕一声令下，牧牛场里顿时机枪声、手榴弹爆炸声响
成一片，震荡了整个山谷，打得敌人晕头转向。李秀明
知中了红军埋伏，但自恃人多势众，武器精良，仍指挥
部队拼命向红军阵地发起强攻，并亲自下轿督战。敌人
从大砻岭往上冲，被大砻岭头的红军机枪手击退。敌人
先头部队也向牧牛场红军战壕发起猛攻，遭到驻守战壕
的红军猛烈还击。敌军先后向牧牛场发起了 10 多次冲
锋，战斗异常激烈。

　　战斗一直持续到夕阳西下，敌军已死伤一大批，攻
势开始逐渐减弱。正面督战的敌团长李秀突然被流弹击
中了右手，卫兵慌忙将他抬上轿子，狂奔逃命。敌军失
去总指挥，更是无心恋战。刘英、粟裕见反攻的时机已
经成熟，及时下达了反攻命令。冲锋号响起，红军指战

员纷纷跃出战壕，一个个如猛虎下山般朝敌人冲去。敌人本已无战斗力，见红军又发起冲锋，纷纷向山坡下逃窜。哪知红军早已在猪头岩架起了重机枪，猛烈的火力，将敌人拦腰截断。前有机枪封锁，后有红军追击，敌兵只好乖乖地举起双手，缴械投降。

侥幸逃脱的浙保一团残部，仓皇向英川（今景宁县英川镇）逃窜。三纵队在队长刘汉南、政委方志富率领下，继续追击逃敌李秀部属，一直追到 5 公里外的景宁县洪源村。红军沿途捡拾了大量被丢弃的武器，俘虏了部分敌军，见天色已晚，才停止追击，挑着大量武器弹药，循着原路凯旋。

而马洪琛率领的福建保安二团，早在福建就领教过红军的厉害。他率部队到距斋郎村 1.5 公里外观望时，接到斋郎战斗打得非常激烈的报告，就知道战事不妙，朝天空放了几枪，连忙溜之大吉，逃回福建。原先布防的浙保王逢欣独立营、福建第十师眼见大势已去，全都不战而逃。

五、斋郎战斗，关键性的一仗

斋郎战斗，红军挺进师以 500 余人的兵力击溃了闽浙两省保安团和地方反动武装"大刀会"共 3000 余人的进攻，毙伤敌人 300 余人、俘虏敌人近 200 人，缴获大量枪支弹药；师政委会委员、宣传科科长王维信等26 名红军指战员英勇牺牲，另有 3 名战士受重伤。斋郎战斗，是挺进师以少胜多、以弱胜强的典型战例，鼓舞了士气，坚定了革命必胜的信念。战斗结束后，挺进师第四纵队奉命留在庆元一带活动，保持与闽东红军联系，寻找闽北党组织和红军。挺进师主力则开赴浙西南腹地，经过 4 个多月的努力，终于成功开辟了方圆 100余公里的浙西南革命根据地。庆元因此成为了创建浙西南革命根据地的初始地、决胜地和战略地。

粟裕大将在回忆录中，曾浓墨重彩地书写浙南三年游击战争："斋郎战斗是我军挺进浙闽边后的关键性一仗。斋郎战斗的胜利，迫使敌保安团队在以后一段时间内转为退守，龙泉河北面的敌人已比较空虚，一些反动地主也纷纷离开了浙西南，我们就获得了开辟以仙霞岭为中心的浙西南游击根据地的通道。"

（庆元县革命老区开发建设促进会供稿，张娟群改编）

挺进师

三年浙南游击战创造伟大奇迹

开国大将粟裕在回忆录中只字不提让他名震天下的淮海战役，却罕见地用多达 12 个篇目详细记叙浙南三年游击战争。这是为什么？其中一个重要原因在于，刘英和粟裕率领一支孤军，在面临与中央失去联系、敌人疯狂"围剿"、条件极端艰苦等诸多困境的情况下，创造出令人惊叹的奇迹，展现了惊人的意志力。

一、挺进浙江创立新根据地

1935 年 1 月，中国工农红军北上抗日先遣队一部在江西怀玉山地区突围后，由刘英、粟裕率领到达赣东北苏区和中共闽浙赣省委会合。2 月，中共中央决定，以抗日先遣队的突围部队为基础，粟裕为师长、刘英为政委，迅速组建中国工农红军挺进师。其主要任务是：到浙江长期行动，发动广泛的游击战争，扩大党与苏维埃的政治影响，创立新的根据地；配合中央红军主力部队的行动，调动和牵制住大批敌人，粉碎敌人对中央红

147

军的"清剿"计划。

2月中旬，挺进师迅速组成，整编为3个支队和1个警卫排。3月23日，挺进师由闽北进入浙西南。此后，于闽浙边境开展游击战，与敌作战十余次，以调动、迷惑、牵制敌人。4月28日，挺进师在庆元斋郎击毙击伤敌军300多人，俘敌近200人，取得斋郎大捷。5月9日和11日，刘英、粟裕率挺进师主力第一、第三纵队北渡龙泉溪到达松阳，队伍进一步扩大。

国民党浙江省政府为了消灭挺进师，调集浙江保安团4个团、11个保安大队和南京税警团，向挺进师发动"进剿"。国民党浙江保安纵队副指挥官蒋志英由宣平到遂昌，坐镇"督剿"。

5月16日，挺进师为粉碎国民党军队的"进剿"计划，决定转入敌后打击敌人并兵分两路：一路由黄富武率第一纵队及政治部人员在龙泉、云和、松阳、遂昌等县边境发动群众，建立党、群组织；另一路由刘英、粟裕率领转战汤溪、龙游、宣平、武义等地，以调动敌人，保障第一、第二纵队顺利开辟浙西南游击根据地。

刘英、粟裕率领部队，以灵活机动、迅速敏捷的行动，在松阳、遂昌、宣平、龙游、汤溪数县间，大幅度地开展游击战。黄富武等率一部在主力活动区域周围开展群众工作。挺进师一路打土豪，开仓济贫，消灭国民党区乡武装，摧毁国民党乡村政权，极大地打击了各地的反动势力，动摇了国民党地方当局的反动统治。

二、团灭国民党"怀中利剑"

6月12日，国民党浙江省政府主席黄绍竑亲自率领士官教育团抵达金华，以期振奋浙西南部队"进剿"挺进师。这一期士官教育团训练的是全省各县基干队和常备队队长，装备精良，被黄绍竑视为"怀中利剑"。粟裕亲自率领挺进师主力到宣平，迎击士官教育团。

6月13日，挺进师接到消息，有国民党军队在吴宅祠堂活动。在粟裕指挥下，挺进师马上组成两支战斗队，向吴宅靠拢，部分战士化装成掌排人，沿溪而下。至吴宅村水口，俘虏了士官教育团的哨兵，火速冲进吴宅祠堂，士官教育团一个连刚吃完中饭，架枪午休，便全部被俘虏。15日凌晨，粟裕率200余人，急行军奔袭小溪口，再歼士官教育团另一个连，缴获了全部武器弹药。黄绍竑在一个加强排护送下已提前回到金华，于20日又匆匆逃回杭州。国民党浙江省政府的第一次"进剿"遂告失败。

8月初，国民党军委会任命卫立煌、罗卓英为闽浙皖赣四省边区"清剿"指挥部正副指挥，命令总指挥部移驻江山，国民党军队精锐十八军从江西进入浙江"清剿"红军。浙保各部则开始向松阳、龙泉、遂昌等地的红军驻地发起"进剿"。国民党江西"剿匪"军第二纵队也由赣入浙，配合十八军行动。

面对国民党军队的疯狂"清剿"，挺进师兵分多路，和敌军"捉迷藏"。红军边战斗、边宣传、边发动，和群众结下了深厚的感情，一路播下革命种子。挺进师宿夜时，当地老百姓送来地篁当席垫；红军拂晓前离村，将暂借物全部放回百姓门口，内放银圆以作酬谢。有名红军战士，在村民家失手跌破一只碗，当即照价赔偿。群众都说："这样的军队真好，盘古开天未有过。"

这年冬天，粟裕带着队伍，踏着厚厚的积雪，到宣平县子坑村冷浆塘山上单寮独铺的刘宝泰家借宿。得知是红军，刘宝泰夫妇忙找来红辣椒熬汤给大伙暖身，抱来稻草给战士们铺地垫。一连几天，刘宝泰用家中的石臼为红军舂米做饭。年三十夜，挺进师一个小分队又借宿在刘宝泰家。因为没有粮食，刘宝泰就取下家里的苞萝种，烧了一锅苞萝野菜糊，和红军战士们一起过年。后来，国民党自卫队上山"围剿"，砸石臼，烧竹箬铺，冷浆塘山上只留下残垣断壁。刘宝泰一家只得投奔亲友，搬到了邻近村。

1936 年 9 月，为了巩固浙西南革命根据地，牵制国民党军队的"围剿"兵力，粟裕率领挺进师第一、第二、第三纵队从遂昌出发，攻打宣平县城。国民党宣平县县长手提小皮箱，慌忙从县府后门出逃。挺进师攻入城里，结束战斗后，在中山公园和曹门街宣传革命主张。粟裕专门为广大群众作报告，极大地鼓舞了广大人民的革命斗志，为巩固浙西南游击根据地、开辟游击新区打下了基础。

三、粉碎"北和南剿"，锻造革命铁军

1936 年 12 月，"西安事变"和平解决，蒋介石被迫接受了中共中央提出的"停止内战，一致抗日"倡议，停止了对陕甘宁边区主力红军的军事进攻。然而在南方，蒋介石却阳奉阴违，执行"北和南剿"方针，妄图在第二次国共合作实现之前，"剿灭"南方红军游击队。他任命刘建绪接任闽浙赣皖四省边区公署主任，纠集正规军 6 个师、2 个独立旅，还有 4 省的部分保安团队，共 10 万余人，向浙西南、浙南游击根据地发起进攻。

为反击国民党军队又一次大规模"围剿"，挺进师采取"化整为零、分片做群众工作、发展中共组织、开辟小块游击根据地、分散国民党军队的'围剿'兵力、保存有生力量"的策略，赴各地开展活动。粟裕、谢文清将宣（平）遂（昌）汤（溪）边区作为游击根据地建设首选之地，迅速在浙赣铁路以南建立了以遂昌门阵为中心，包括宣平、遂昌、汤溪三县边界方圆百余里的游击根据地。

粟裕等领导人针对形势变化，以抗日为前提，采取扩大团结对象、缩小打击目标的工作新思路，以公开的武装斗争同隐蔽的群众工作相结合的策略，改打土豪筹集经费为根据土豪能力征收抗日捐，改没收委员会为征收委员会。大多数地主都能按照红军要求来做，对个

别顽固抗拒的，则坚决予以打击。这样做，既解决了部队活动和救助困难群众的经费问题，又不使阶级矛盾激化，还教育了群众，打击了反动势力。

挺进师还十分重视根据地群众的经济利益，支持竹木、山货外销，欢迎平原城镇客商进山做买卖，促进商品流通，使山区经济得到发展。由于执行了新政策，商业繁荣，中心点门阵被群众称为"小上海"。平原上的客商带来布匹、医药等货物，交换山区的特产，这里成了挺进师的"军需补给基地"。

根据不断变化的形势，挺进师在游击根据地不再建立苏维埃政权，而是建立"白皮红心"式政权，一切以有利于抗日为宗旨。为扩大团结面、缩小打击面，对原来的保甲长采取团结争取措施：保护比较开明的，争取保持中立的，严惩少数作恶多端的。同时，派一些中共党员去担任保甲长。在宣遂汤边区，国民党的基层政权已被红军、中共组织所掌握，保甲长大多数替红军办事，区、乡长保持中立。

一开始气势汹汹的国民党军，在"进剿"行动接连受挫，遭到挺进师几次打击之后也学"乖"了，小股部队不敢进山，大股部队又上不了山。就这样，在根据地广大人民群众的拥护下，挺进师在浙东南拥有了稳定后方，保留了革命火种，为之后的抗日战争和解放战争积蓄了重要力量。

（武义县革命老区开发建设促进会供稿，童未泯改编）

152

姚岭突围

挺进师智破敌人包围圈

　　1935 年 5 月 24 日，浙西南山区中，中国工农红军挺进师在被敌人重重包围的情况下，临危不惧，智斗国民党反动派部队。挺进师借助黑夜掩护诱敌深入，制造假象，趁敌人自相残杀之时，悄然撤退，金蝉脱壳，突破重围，挥师北上。

一、战前红军获得精准情报

　　遂昌县湖山乡姚岭村，地处遂昌、衢县、江山三县的交界处，东北面与乌溪江相连，水路顺畅；西南面与九龙山支脉接壤，境内山峦叠嶂。遂昌县道路四面通达，又有居高临下的地理优势，十分适宜红军部队施展机动迂回战术。

　　1935 年 5 月 23 日，中国工农红军挺进师在政治部主任黄富武率领下，进驻遂昌县湖山乡姚岭村，发动群众扩充红军队伍。24 日，刘英、粟裕率领的红军挺进师主力从松阳一路转战，与时任中共浙西南特委书记黄富武的队伍会合于姚岭，准备在该村开展群众工作，并作短暂的休整。不料，一直围追堵截挺进师的国民党反动派武装得知红军驻扎在此，认为这是"剿灭"红军的难得机会，随即纠集大量反动武装力量对红军挺进师进行围攻。反动派调集了国民党浙江省4个保安团和11个保安大队，再加上刚从南京调来的警务团，合计约为8个团的兵力；纠集地方地主武装力量，共近万人的队伍。随后，国民党反动派兵分四路，分别从湖山、大柘、西畈和王村口方向朝姚岭村进发，对红军挺进师展开包围"进剿"，妄图将红军挺进师主力全歼在姚岭村，气焰嚣张、来势汹汹。

大敌压境、危机当前，军情迫在眉睫、刻不容缓。红军及时准确地做好了情报工作，在国民党军队向姚岭合围之时，挺进师的侦察员和当地交通向导朱宗洪、应子棠，已经迅速侦明国民党军队包围而至的情况，并向红军首长进行了汇报。由于前一阶段挺进师集中大部兵力，开展宽幅的游击战，有效地打击了国民党区乡武装，中心区内的地方反动势力已相对薄弱，只要把聚集而至向挺进师"进剿"的国民党武装调出中心区，加以打击，就能继续坚持和深入开展中心区的工作。因此，刘英、粟裕得知情况后，冷静且迅速地进行了军事部署：兵分南北两路，趁国民党军队合围之际，利用姚岭错综复杂的有利地形，由当地交通向导带路，抢先一步跳出包围圈。黄富武部向南挺进，在中心区内开展活动；刘英、粟裕率主力向北挺进，转入国民党军队后方，予以牵制和打击，并威胁汤溪、金华等县，把国民党武装调出中心区。

二、红军借助夜色巧妙突围

5月24日夜，整个浙西南山区漆黑一片，伸手不见五指，山野格外寂静，似乎正在酝酿着轰轰烈烈的大事件。红军挺进师主力部队在当地交通向导朱宗洪、应子棠等人的带领下，借着夜色掩护悄无声息地撤出了姚岭村，分南北两路，神不知鬼不觉地跳出了国民党反动派武装的包围圈。当红军大部队主力全部完成撤离，到达指定位置时，天空泛起了鱼肚白。

5月25日凌晨两点多，东南两路的国民党保安团几乎同时到达姚岭村。此时，留下掩护红军挺进师大部队转移的红军小分队集中火力，先向东面的保安团一阵扫射，再迅速调转枪口，向西面的国民党兵一阵扫射，制造了两面都有红军主力部队坚守还击的假象。然后，小分队在夜幕的掩护下，迅速撤出战斗，悄悄地追赶主力部队。东南两路国民党兵各挨了一顿打后，迅速展开了进攻，他们都把对方当作红军挺进师的主力部队，在黑暗中火拼了两个多小时。直到天亮后，发现"敌人"竟然是自己人，这才明白原来是中了红军挺进师的计谋。国民党反动派部队、调集人马，本来准备以有绝对优势的兵力将红军重重包围，结果却竹篮打水一场空。国民党军队无可奈何，只能灰溜溜地败退回城。这场红军挺进师智破强大敌军的包围圈、引诱敌人自相残杀使其自取败局的姚岭突围战，被当地群众称为"鬼打鬼"战役，在浙西南地区广为人知，成为红军革命精神的象征之一。

刘英、粟裕带领的红军挺进师主力部队，冲破敌人重围后，翻过了姚岭村的崇山峻岭，一路跋山涉水向遂昌北部的塘岭头村、桃溪乡方向行进。一路上，红军挺进师积极宣传革命、发动群众，把革命的红色种子播撒在浙西南的山山水水之间，播撒在浙西南广大受苦受难群众的心里，打下了星星之火可以燎原的基础。如红军挺进师在遂昌姚岭村休整练兵期间，驻扎在赖家香火堂，在大丘田搭建了山棚，并在村里的许多墙上写下了"当红军，最光荣""革命成功，天下为公"等革命宣传标语，这些红色宣传标语中有不少保留至今。

姚岭突围战，充分展示了刘英、粟裕等老一辈无产阶级革命家敏锐超凡的军事才能，展现了红军挺进师不畏艰难、英勇顽强的革命精神。

红军挺进师在姚岭驻地的革命斗争旧址，如今已成为人们开展爱国主义教育的重要场所。红军先辈们百折不挠、大智大勇的革命英雄气概，必将激励着一代又一代后人永续传承、奋勇前进。

（遂昌县革命老区开发建设促进会供稿，晓路改编）

三迎红军

浙西南革命军民鱼水情

　　这是 20 世纪 30 年代初，一直盼望着党和红军的松阳民众三迎红军挺进师的感人故事。

　　当时，革命处于低潮时期，在国民党反动派高压之下，浙西南革命群众仍然不畏艰难险阻，自发组织力量，在短短两天时间内，前后三次热情欢迎和接待红军部队进驻，谱写了一曲军民鱼水情深的赞歌，也推动了浙西南地区革命运动的开展。

一、"二五"减租打下了深厚群众基础

　　1935 年 5 月 10 日，红军挺进师主力在刘英、粟裕率领下，历尽千辛万苦进入浙江省松阳县西南边界。红军挺进师这股红色革命力量挺进松阳，给浙西南地区满怀革命期望与斗志的劳苦大众，带来了阳光和希望，也再次点燃了百姓埋藏于心里的革命火焰。经历过多次革命运动但也多次惨遭失败的松阳人民，终于等到了自己的部队、自己的亲人。红军挺进师的到来，犹如雪中

送炭，让松阳人民感到无限温暖，于是松阳人民自发组织，热烈欢迎红军挺进师到来。

松阳群众特别热情地欢迎红军挺进师，不只是兴致使然，而是有其必然性的。其实，松阳西南边境的安民、枫坪、玉岩及大东坝两乡两镇，早在 1926 年就开始了"二五"减租减息斗争。从那时起，广大贫苦山民在陈凤生、卢子敬、陈丹山等人领导下，开展反帝爱国和打击土豪劣绅的斗争。1928 年，他们喊出了"耕者有其田，居者有其屋"的革命口号。1929—1930 年间，他们又借"青帮"之名，组织农军队伍，在松（阳）遂（昌）龙（泉）边境开展打土豪、均贫富、平地权斗争，全盛时会众达 5000 余人。1930 年，"青帮"发动了多起农民武装暴动，范围涉及松（阳）遂（昌）龙（泉）宣（平）四县，并打出"红军"旗号。后来，暴动虽被国民党军警残酷镇压，主要领导人也被通缉追捕，但他们一直在寻找机会东山再起。陈凤生、卢子敬等农军领导人还多次到江西、福建、安徽等地寻找共产党和红军，期望得到支持和领导。松阳这批农军首领及骨干，其实是已经具备一定的革命思想、理念并付诸行动的有志革命者。这一带的劳苦大众也在他们的影响和带领下，经历过许多疾风骤雨式的革命运动，因而初步奠定了革命群众基础。所以说，松阳人民"三迎红军"的历史创举，在浙西南地区有其内在必然性，更是广大人民群众渴望自由平等、解放发展的自然选择。

二、"三迎红军"体现了民众真情实感

让我们一起穿越回到过去，感受松阳人民是如何以"三迎红军"的实际行动来拥护红军、拥抱革命的；让我们一起感受军民鱼水情深，体会红军战士与松阳百姓军民一家亲的动人情谊。

一迎红军。1935年5月10日下午，陈凤生（松阳安岱后人，浙西南"青帮"即农军首领）、陈丹山（陈凤生叔祖，农军副首领）在安民乡安岱后村外垟寺岭头迎候红军挺进师。

二迎红军。1935年5月11日上午，卢子敬（农军副首领）率领38名农军战士和学生举着红绿彩旗，敲锣打鼓，在枫坪乡斗潭村水店外幕寮列队欢迎红军挺进师。

三迎红军。1935年5月11日下午，"一卢二陈"（卢子敬和陈凤生、陈丹山），组织当地农军和群众在斗潭村永福寺召开欢迎红军大会，带领大家热情地喊出了"青（'青帮'即农军）红（军）一句话，永世不分家"的口号，并由此形成"青""红"大联合、军民合作开辟根据地的良好局面。永福寺内外群情激昂，大批民众簇拥着红军战士，嘘寒问暖，握手相庆。松阳、遂昌、龙泉三县交界地区的农军和老百姓终于迎来了自己的队伍——共产党领导的中国工农红军，农军首领的欣喜之情溢于言表！蹉跎奔波十余月，疲惫的挺进师终于

有了可靠的立足之地。感受着群众的热情，甘苦自知的他们，悬着的心终于落下，挺进师将士们热泪盈眶。

松阳农军首领卢子敬和陈凤生、陈丹山，率领当地农军和群众，在两天之内三次热情欢迎红军到来，给红军挺进师提供了部队休整的良好环境。自此，挺进师转战几千里，改变了被敌人前堵后追的极其艰难困苦的境地。他们一进入松阳地界，便像是回到了中央苏区，回到了老根据地。当时，全国革命处于低潮时期，浙江又历来是国民党统治腹地，在浙西南出现的热情迎接红军的一幕，是十分难能可贵的。对处于生死存亡危急关头的挺进师来说，这无疑是雪中送炭；而对当地农军和穷苦大众，则是久旱逢甘霖。"三迎红军"是由松阳农军领袖主动策划组织的，在当时的环境和条件下，这是他们尽最大可能实现的最高礼节和最隆重的欢迎仪式。"三迎红军"的意义，不在于形式，而在于热情的人民群众，他们张开双手、敞开胸怀来迎接红军，挺进师从此如鸟栖山林，在浙西南干出了一番惊天动地的事业。

三、挺进师进入浙西南点燃燎原之火

有了"三迎红军"这个良好开端，挺进师主力一方面在大半个浙江游击扩军，扩大红军影响，以实现中央赋予的吸引、牵制敌人，从战略上策应中央红军长征之目标。另一方面，分兵以发动群众，努力完成在浙江开辟新的革命根据地的任务。于是，挺进师浙西南地方工

作团大范围发动群众，松遂龙边三县的农军和革命群众广泛参与，迅速聚集在共产党和红军的旗帜下，形成了一股澎湃的革命洪流。挺进师之革命星火，在浙西南俨然成了燎原之势，红了大半个浙江。而这一切，都离不开军民融合，携手共建。

　　"三迎红军"这一军民齐心的盛大场面，是陈凤生、卢子敬等人精心策划组织的结果。当挺进师越过龙泉溪，翻过东岱岗时，陈凤生等人立即得到消息，跑出十多里地到外垟寺岭头迎候。随后，他们迅速派人到斗潭给卢子敬送信，交待了组织欢迎队伍事宜。这一切都是他们为迎接红军事先安排的，而非仓促应对。农军首领们无时无刻不期盼着共产党和红军到来，有条不紊地组织起步步升格的隆重欢迎仪式，以最诚挚的心意来迎接共产党领导的红军队伍。"一卢二陈"的"三迎红军"创举，着实令后人敬仰。他们多次举行迎接红军的仪式，是浙西南革命史上的光辉篇章。

　　没有红军挺进师进入浙西南，就不可能掀起革命斗争高潮；同样，没有浙西南人民的支持，特别是像"一卢二陈"这样的农民领袖的支持，也不可能掀起浙西南革命斗争高潮。刘英的机要秘书龙跃亦曾回忆说，松阳的玉岩、安岱后，是浙西南革命斗争自始至终的中心，这也与"一卢二陈"的思想觉悟、在群众中的威望、在开辟浙西南革命根据地中所起的作用是分不开的。这段军民鱼水情，共建革命根据地的历史故事，一直在激励着浙江儿女砥砺前行。

江山就是人民，人民就是江山。打江山是为了人民，没有人民就没有江山。"三迎红军"的故事，就是对这些真理的生动诠释。

（松阳县革命老区开发建设促进会，原作者洪关旺，晓路改编）

山洞医院

老百姓舍生忘死救护红军伤员

在南雁荡山西部的群峰当中，有一个地图上找不到的小地方，叫牛童往。在革命战争年代，这里曾经有过一个山洞医院，谱写了红军和老百姓血肉相连、生死与共、可歌可泣的感人故事。

国民党 10 万大军围攻浙南革命根据地，红军部队主动突围，但一批重伤员无法随队撤离。泰顺县峰文乡双溪口村党支部书记黄明星临危受命，带领村民，把伤员隐藏在牛童往附近的山洞养伤。面对反动派封锁、搜查、拷打、屠杀，党员干部和村民克服重重困难，甚至付出生命的代价，保护了红军重伤员。粟裕大将在其回忆录中，专门记叙了红军山洞医院的动人事迹，给予大力赞扬。

一、临危受命

1937 年 2 月的一个深夜，寒风刺骨，山里人家早已进入梦乡，但有一座茅屋还亮着灯光。一位颧骨突起、眼带血丝、腰束军带的中年人，正在与一个年轻村民交谈。

"阿三同志，国民党 10 万兵力围攻我们浙南革命根据地，形势十分严峻。我们决定冲出包围圈，易地而战。可是部队带着 30 多位重伤员，行军十分不便，把伤员们留在你这里隐蔽养伤，有困难吗？"

"可夫同志，就是千斤重担，我们也要担。"

这位中年人，是时任红军挺进师政委刘英，化名可夫。和他对话的年轻村民，是双溪口村党支部书记黄明星，家里排行第三，大家都叫他阿三。

"那好！这一带密林深处的悬崖峭壁不是有许多山洞吗？就在这峻山、峡溪一带建立一个山洞医院吧。"

阿三接到任务后，当天下午通知附近的基层党组织，召开紧急会议，传达了刘英的指示。当晚，全体党员迎着阵阵寒风爬上溜下，把一个个红军重伤员转移进了山洞。

30 多位伤员中，有周福生、余龙贵、朱中成、苏斗正、丁士文、王志芳、郭金旺等，他们大都是身经百战、从江西转战而来的中央红军战士，身上伤口多半已经红肿化脓。第二天清晨，伤势相对较轻的伤员就忙着把医院布置起来，在床头挂起红旗、红五角星。就这样，山洞医院建立起来了，原支队政委周福生为医院负责人，郑医师做医护工作。

此时，数千人的浙江保安团和壮丁队，分成一股股小分队，在峡溪一带及附近山区窜来窜去，进行搜山、烧山。凭着地理条件和群众的掩护，伤病员虽避开了敌人的搜捕，但又陷入断粮断水、缺医无药的极度困境中，生命悬于一线。

二、一把番薯米

1937 年 3 月时节，反动派强迫各村的村民整家整户地搬迁到敌人控制的峰文村，勒令各户把家中粮食全部带走，规定农户白天回村劳动生产，必须经保长批准，否则格杀勿论。反动派妄图采取隔断联系的办法，把伤病员困死、饿死。这样一来，可把阿三难住了。

"阿囡爸，木偶戏《空城记》你不是看过吗？我们要与白兵斗智，表面装着积极拥护移民并村，暗中坚持救护伤员。"党支部妇女委员、阿三的妻子卢桂莲为丈夫出点子说。阿三听后道："好！我、二哥、苏君究（时任董家坪党支部书记）留下来护理伤病员。阿囡妈，你和全村大小都移到峰文村去住，每天以返回劳动生产为名轮流回村，掩护留村人员。把粮食装入桶或缸中，转移到山上去，我们分头行动吧！"

一场隐藏粮食的行动在山野间展开了，各式各样的木桶、缸都派上了用场。一天，阿三背着一袋番薯米，在朦胧夜色中爬上峭壁，把粮食送进了山洞。看到伤病员饿得奄奄一息，这个铁汉子顿时泪水盈眶，赶快打开麻袋，把番薯米一把一把地送到大家手上。当阿三准备离开山洞时，东方的山尖上已露出曙光。白天行动是十分危险的，周政委一把抓住他的臂膀说："阿三同志，为了整个医院的安全，待到晚上再出去吧！"

这一次，反动派对洞外的山地连续封锁了五天五夜，白天放冷枪，晚上用手电光来回扫射。阿三几次想出去，都被周政委劝阻了。周政委强令阿三在自己的铺位睡下，而他自己则趁着夜色，悄悄摸到洞外去侦察敌人的行动规律。

到了第五天，大家饿得奄奄一息了。阿三心急如焚："周政委，今晚无论如何要让我出去！"

"好！"周政委说，"我已经发现了手电光扫射的规律，每间隔10至15分钟亮一次，但照七八次后就松懈下来了。两次手电光扫射空隙，提供了突围的机会，为了以防万一，郑医师跟你一起出去。"

周政委从自己床头下摸出一把番薯米，说道："阿三，你也两天没进食了，这把番薯米，我本想留给重伤员吃的，现在你与郑医师拿去垫垫肚子，只要你俩冲出去，伤员们就有希望了。"

阿三两手颤抖地接过这把番薯米，又将它塞到重伤员苏斗正手里，说："你伤势最重，还是你吃吧！"苏斗正又把这把番薯米塞到周福生手里："政委，你是医院的栋梁，你吃吧！"最后，在周政委的命令下，阿三和郑医师将番薯米各分一半，和着泪水一同塞进嘴里。

在伤病员们的急切期盼下，阿三和郑医师趁夜色离开了山洞，猫着腰溜下山去。第二天，阿三等人又设计把反动派哨兵引开，跟随郑医师越过山沟，攀上峭壁，把粮食送进了山洞。

三、藏水的魔术

山洞里没有水，伤员们嚼着干硬的番薯米，勉强维持着生命。可是没有水，又怎能长久生存呢？怎样供应伤员的喝水、用水呢？阿三与几个党员经过商议，最后决定把水装在小罐里，埋在泥箕里的焦泥灰下面，带上山。

第二天一早，阿三挑着焦泥灰上山。一进山洞，麻利地从泥灰下取出水罐。郑医师连忙小心翼翼地把水倒进小杯里，或半杯或一杯地分送给每一位伤员。

"阿三，山洞里已6天没有水了。这点水还不够，以后能不能增加些？"听完郑医师的话，看着伤员急切的样子，阿三一刻也不敢停留，心事重重地返回村子，满脑子都是"水"。

次日早晨，阿三挑着一担装满粪水的粪桶，装作去地里浇肥。走在崎岖的山路上。反动派敌哨兵见阿三挑的是粪水，臭气冲天，把头一歪喝道："快滚！快滚！"阿三就这样顺利通过七八个哨所，把粪桶挑进了山洞医院。好几个伤员迎上来一看，目瞪口呆，哭笑不得。只见阿三不慌不忙地提着粪桶走到洞外，倒去粪桶上面的粪水，用干草擦净，然后重返洞内，从粪桶下侧的桶壁处拔下小木塞——原来粪桶中间还有隔层的！于是，一缕缕清冽的泉水"叮咚叮咚"，被倒入旁边的小水桶里。

阿三倒好水后，和周政委一起观察伤员的伤势，许多伤员的伤口已经化脓了，再不用药，会非常危险。但是，在被反动派层层封锁的穷山僻壤，哪来的药呢？

四、鲜血换来的草药

怎么为伤员问医送药呢？在当时的情况下，只能靠土医土药了。根据当地土医开出的单方，阿三和苏君究发动党员和积极分子，每天上山下涧，以拔猪草、兔草为名，把草药一篮一篮地挖回来进行加工。土黄连、土黄柏捣碎后糊伤口可治枪伤，土黄芪叶可治皮毒，活血丹煎成汤可洗伤口，百合花根块捣成糊状可治化脓。

阿三和苏君究又秘密请来中医许宗枢、翁再糯、李金水，到山洞给伤病员看病。"许医师，委屈你了，为了保密，我们不得不如此。"阿三用布条把许医师眼睛蒙上，拉着他爬上山，等进洞后才拿掉布条。许医师深明大义地说："照规矩办事，应该，应该。"

大暑时节，一连三天，山洞医院与阿三失去了联系，周政委躲在洞口旁的树丛里，焦急地观察着四面八方，望眼欲穿，却仍然不见人影。而这时，部分伤员的伤口又复发化脓，急需野百合药。

"阿三可能病倒了。""也可能遭遇不幸。"正当伤员们纷纷猜测时，阿三背着一袋野百合进来了，大家喜出望外，围着阿三问长问短，急切地想知道出了什么事。

阿三道出了三天没来的个中原因：近来反动派好像发觉有村民偷偷采山药给红军治伤了，在各个路口路头严密搜查。杨梅潭村赤卫队队员阮旺采了一袋野百合，被白狗子碰上了，他马上把药丢到深深的山沟里。反动派把他押到驻地审问，厉声喝问："红军伤病员在哪里？"

"不知道！"

"看来你是敬酒不吃，吃罚酒！"

"我阮旺岂能做对不起红军的事，要杀要剐随你们的便！"

反动派勃然大怒，拔出一把雪亮的弯刀，逼上前，一脚踢倒阮旺，踩在脚下。弯刀一下刺进了阮旺的胸膛，殷红的血立刻喷洒一地，阮旺牺牲了。

阿三提起一袋野百合，悲痛地说："这些药是阮旺的血换来的。"伤员们听后个个义愤填膺，要冲出去与敌人拼了。"要沉着，要冷静，决不能莽撞，坚持就是胜利。"伤员们的行动，被周政委制止住了。

五、山羊奶的秘密

轻伤相对好医，重伤员怎么办？朱中成左手骨折，右手臂被子弹打穿，生活不能自理，而且流血过多，奄奄一息，藏在山洞里随时有生命危险。阿三征得周政委的同意后，背着老朱出洞，把他送到青皮坳村妇救会会员吴细妹家里。

吴细妹把老朱藏好，给他一口一口喂食米粥。大米，在只见岩石少见田的山村里，无比珍贵，平时只磨成米粉喂给婴儿吃。尽管如此，老区的妇女还是撇下孩子救红军，还请来土医师诊治。

养了一段时间，伤情刚刚有所好转的老朱，开始冒冷汗，眼睛下陷，几次昏死过去。"朱大哥身体太虚弱，必须要补充营养。这可怎么办？"在这兵荒马乱的年头，今天国民党第九旅，明天浙保三团，后天又是基干队、壮丁队，窜来窜去，打狗抓鸡，山村的牲畜家禽几乎绝了踪迹。

一天早晨，细妹端着一碗奶水，对朱大哥说："喝吧！这可新鲜呢。"朱中成过意不去，不肯喝，把碗推开去。

"这是山羊奶，是周政委叫阿三用银角子买来的，不听组织的话，怎么行呢？"细妹虽然是农村妇女，这些年受红军的熏陶，也学会讲一些革命道理了。就这样，朱中成喝了两个多月的"山羊奶"，身体慢慢康复，能下地缓缓走一会儿路了。

一天清晨，朱中成无意间透过板壁缝窥见真相，却一下子愣住了——细妹的女儿在一旁嗷嗷待哺，她一边把自己的奶水挤在碗里，一边轻声地哄女儿："小宝宝，别哭，革命成功后，朱叔叔买根红头绳给你，好吗？"

即使在狱中受尽严刑拷打，朱中成也未曾掉过一滴泪。但在这时，这位铁汉子的泪水却像断了线的珠子……山东有沂蒙红嫂用乳汁救活战士，浙江有同样伟大的泰顺红嫂为红军无私奉献。

七个多月的腥风血雨，可歌可泣的军民鱼水情，30多位重伤员在老百姓的呵护下养好了伤，被送到平阳县。他们与红军挺进师主力部队会师后，跟随粟裕师长北上，被编入新四军，从此转战长江南北，开始了新的革命战争生涯。用生命呵护红军的泰顺老百姓，一直把红军珍藏在心间，从来未曾忘却。

（泰顺县革命老区开发建设促进会供稿，原作者徐振权、
夏齐进，童未泯改编）

高山村

操家六烈士青春献革命

这是一个悲壮惨烈的故事，一个热血沸腾的故事，一个令人肃然起敬的故事，更是一个全家8人就有6人为革命事业献出生命的传奇。

20世纪30年代，在浙西南山区龙泉县宝溪乡高山村，有一户操姓的农民家庭，父亲早年离世，全家就母亲和6个儿子、1个儿媳共8口人相依为命。虽然，全家人辛勤劳作、省吃俭用，难得有一些收入，但很快就会被地主恶霸掠夺去。一年下来，依旧过着吃了上顿没下顿的穷苦生活。

一、红军在高山村播下革命种子

1935年，中国工农红军挺进师来到了浙西南山区高山村。他们头戴八角帽，帽子上缝着红五角星，灰色军装上打着大大小小的补丁，被老百姓亲切地称为"咱们的红军"。挺进师之所以受到老百姓的爱戴与欢迎，是因为他们忠于使命、根植人民，是为穷苦百姓打天下的红军部队。红军进入高山村后，纪律严明，从不侵扰百姓。夜里再冷都睡在百姓的屋檐下，不拿群众一针一线，待穷苦百姓如亲人，还帮助老乡劈柴担水。高山村的老百姓都觉得红军就像自己的亲人，与国民党反动派部队随意抓人、抢东西、欺压百姓、奸淫妇女的行为形成了鲜明对比，亲身感受到红军是为穷苦百姓翻身获解放的革命队伍，是老百姓的子弟兵。红军的到来，使高山村农民群众看到了摆脱贫穷和压迫的希望。

后来，红军挺进师在高山村一带打土豪、开仓济贫，将被地主剥削的粮食分给饥寒交迫的农民；建立龙浦县委，发展农村党员，建立村党支部、村苏维埃政府，组织农民联合会、妇女联合会、乡村游击队。红军挺进师在高山村驻扎的一段时间里，通过实际行动，在浙西南播下了革命火种，点燃了山区贫苦百姓的革命热情。百姓们踊跃参与红军领导和组织的革命活动，村里的操姓农家，也不例外。全家人为红军做饭、送粮、站岗、放哨、送情报、护理伤病员……做所有力所能及的事。

二、高山村六烈士前赴后继

在红军的感召下，操姓农家从山区普通农户蜕变为典型的革命家庭，全身心地、义无反顾地投身革命。这个由8口人组成的农户家庭中，竟有6位烈士为了革命献出生命。他们的事迹，至今还在浙西南山区广泛流传。

第一位烈士是老大操正旺。操正旺于 1937 年 4 月参加革命，同年加入中国共产党。1938 年春，担任高山村党支部书记，并参加闽浙边委（中共闽浙边临时省委）武工队。1941 年 1 月，他与战友廖世涛受闽浙边委派遣，去闽北特委联络工作。行进到龙浦边界马迹村时，因叛徒出卖，被国民党部队逮捕，押送到浦城鸭上桥敌人据点。敌人为获取情报，对操正旺进行严刑拷打、残酷审问，面对敌人的百般折磨，操正旺坚定信念、严守秘密，始终没有屈服，做到了对党的绝对忠诚。边委书记张麒麟闻讯立即派人前往营救，但当营救人员赶到时，操正旺与战友廖世涛已惨遭杀害，他牺牲时，年仅 26 岁。

第二位烈士是老二操正昌。操正昌比大哥小 5 岁，在大哥的影响和带领下，也坚定地参加了革命。操正昌于 1940 年成为中共闽浙边委武工队队员，为解放贫穷百姓而英勇杀敌，是一名勇敢顽强的战士。1941 年在披云山区作战时受伤被敌人逮捕，后被敌人押解到住溪（今龙泉市住龙镇住溪村）据点，随即遭敌人枪杀。牺牲时，年仅 21 岁。

第三位烈士是儿媳李起芝，是老二操正昌的妻子。1940 年参加革命，为闽浙边委武工队年轻女兵。她机智勇敢，承担站岗、放哨、做军鞋、送情报等工作。在丈夫操正昌牺牲后，她的革命意志更加坚定，发誓要为丈夫报仇雪恨。1942 年 2 月，高山仙坛下"红军棚"

遭敌人突然袭击，为掩护同志撤退，她身负重伤。敌人把她从山棚拖回高山村，一路血流遍地，到高山村时已奄奄一息。敌人还逼她说出张麒麟的下落，面对敌人的残酷折磨和拷打，她咬紧牙关、宁死不屈，最后英勇就义，时年20岁。

第四位烈士是老三操正长。操正长于1941年参加革命，同年7月加入中国共产党，是闽浙边委武工队队员。1942年2月，跟随闽浙边委书记张麒麟隐蔽在高山仙坛下"红军棚"内，当叛徒领着国民党"围剿"部队前来偷袭时，操正长英勇果敢地掩护张麒麟等同志转移撤退，不幸在突围战斗中中弹牺牲，年仅19岁。

第五位烈士是老四操正福。国民党反动派对高山村操家积极参加革命的行为痛恨至极，一有机会，就疯狂报复操家。1942年3月，国民党反动派部队突然窜到高山村，疯狂的反动派放火烧掉了房屋，抓走操正福和他母亲、小弟3人，带往浦城敌人据点。后来，操正福被押送到浦城县监狱，在监狱中受尽各种折磨，但他始终宁死不屈，最后在狱中被活活折磨而死，时年17岁。

第六位烈士是老五操正林。年仅14岁的他，还是一个未成年的孩子。在哥哥嫂嫂的影响下，操正林也参加了革命，虽然年少，却非常懂事机智。他看见闽浙边委同志们生活十分困难，缺少粮食，就领着张麒麟等人到土名叫"木岱湾"的山上挖笋，不幸被毒蛇咬伤，中毒身亡。张麒麟抱着尚为少年的操正林大哭一场，并亲自为其料理后事。

操姓农户，一家 8 人全部参加革命，在短短两年时间内，6 人为革命先后牺牲。他们牺牲时，年龄最大的 26 岁、最小的 14 岁，在革命事业需要他们的时候，毫不犹豫地挺身而出，不惜用自己年轻的生命，捍卫信仰尊严、捍卫革命成果。他们用青春热血，谱写了浙西南山区可歌可泣的革命诗篇。也正是因为他们的英勇献身，才成就了今天的幸福生活。

（龙泉市革命老区开发建设促进会供稿，晓路改编）

许信焜

浙西南特委书记血染沙坯岩

龙泉市锦溪镇上锦村是一片有着光荣革命历史、丰富革命印记的红色热土，年仅23岁的革命烈士许信焜就牺牲在上锦村龙殿坑沙坯岩。为了纪念许信焜，锦溪镇在上锦村修建了革命烈士陵园，在泉灵谷建立了"许信焜烈士纪念馆"，在建党百年之际修建了许信焜烈士牺牲地古道。这些革命遗址一直是中小学生和青年干部参加教育培训、现场教学示范等红色教育活动的重要基地。

一、革命战火铸干将

许信焜（1914—1937），原名许信坤，学名许成龙，1914年1月31日出生于江西省横峰县岑阳镇下窑口村一个农民家庭。10岁时，母亲因病去世。父亲一边种田，一边开客铺，省吃俭用，供他上私塾。教书先生见许信坤聪明伶俐，便给他取学名叫许成龙。

赣东北地区的共产党人在全国较早地开展了武装斗

争，1927 年冬，方志敏、邵式平、黄道领导了弋（阳）横（峰）暴动。许信坤 13 岁时开始担任村儿童团团长，带领小伙伴们站岗放哨、送信送情报。1930 年，16 岁的许信坤被选送到乡苏维埃政府工作。不久，又报名参加赣东北（闽浙赣）子弟组成的中国工农红军第十军，被编入八十二团。参军后，他的思想和文化水平提高很快，并将"许信坤"改成"许信焜"。之后不久，他加入中国共产党，并被提拔为团部政治处技术书记。

为了壮大红军队伍，1933 年，中央革命军事委员会决定以红十一军为基础扩建成红七军团，许信焜任军团政治部秘书。1934 年 7 月，红七军团改建为北上抗日先遣队，同年 11 月，红七军团与红十军汇合后改建为红十军团，对外仍称北上抗日先遣队。1935 年 1 月，北上抗日先遣队在江西怀玉山战斗失利后，许信焜随部队突围回到赣东北。苏区中央分局根据中央的指示，决定以突围部队为基础，组成红军挺进师，粟裕任师长，刘英任政委，许信焜任挺进师政委会秘书。

二、两次成功反"围剿"

1935 年 2 月，挺进师在刘英、粟裕率领下，从赣东北出发，突破敌人数道封锁线，向东南经闽北山区，于 3 月底抵达浙西南地区，开始了 3 年艰苦的游击战争。同年 7 月、8 月，在挺进师的发动下，浙西南的龙泉住溪、遂昌王村口、松阳玉岩等地成立苏维埃政府，把"打土豪，分田地"运动搞得轰轰烈烈。挺进师在浙西南地区的斗争震惊了国民党统治集团。9 月，国民党第十八军军长罗卓英统一指挥 40 个团，共 8 万余兵力，"清剿"浙西南游击根据地。挺进师主力实行"敌进我退"战略，跳出敌人包围圈，向东进入浙闽交界的浙南山区，开辟浙南游击根据地，并与叶飞领导的闽东独立师会合。11 月，双方成立中共闽浙边临时省委，刘英为书记，粟裕为组织部部长，叶飞为宣传部部长兼团省委书记，许信焜任省委委员。

由于国民党内部矛盾激化，1936 年 6 月，"清剿"的第十八军调离浙江。利用这个有利时机，粟裕、许信焜等率部 300 余人，迅速返回浙西南，拔除地方反动武装驻点，恢复中共浙西南特委和挺进师第二纵队，许信焜担任特委书记。经几个月工作，以秘密活动方式恢复建立基层党组织、游击队及群众组织，镇压叛徒和反革命分子，浙西南地区的革命斗争又出现了较好的形势。

"西安事变"和平解决后，蒋介石实行"北抚南剿"策略，又调集 40 个团，10 万余兵力，第二次向浙南、浙西南游击根据地"围剿"。为了转移敌人对游击根据地的注意力，减少根据地群众损失，许信焜率特委及肃反工作队，采取"外线出击，牵制敌人"的方针，转战遂昌、龙游、汤溪等地，然后又转到丽水、青田，南渡瓯江，进入瑞安、平阳边境，与敌人周旋了两个多月。

三、伤后追赶大部队

1937年5月，许信焜在瑞安县李山村与谢文清、赵春和率领的第二纵队相遇，接受闽浙边临时省委新的指示。此时，省委已令挺进师第二纵队，由赵春和任纵队长，许信焜兼任政委，下设两个大队，向浙西南挺进。第二纵队途经青田县境时与国民党部队发生遭遇战。战斗中，许信焜和一大队大队长宣恩金同时受伤，转移到青（田）景（宁）边境一农民家养伤。

经过当地农民20多天的草药治疗后，许信焜的伤口基本愈合，但身体还是很虚弱。可他一直牵挂着浙西南的斗争，惦念着省委领导的嘱托，无心再休养下去，决定追赶纵队部。1937年5月下旬，他命傅振军等两名警卫人员，整理行装，雇了一个挑夫向浙西南进发。经过10多天的风雨兼程，6月5日，他们进入龙泉地域，避过县城来到锦溪镇的下畈村（独户山村）时，已是黄昏。在下畈村用过晚餐后，居户叫帮工带许政委一行四人继续向住龙镇方向进发。路上，当帮工听说他们是红军时，情绪便高涨起来，主动说出他是居户谢祥善的帮工，他兄长住上锦村龙殿坑，家里还隐蔽地住着两名红军战士。许信焜听后很高兴，叫帮工赶快把两名红军战士请来，说他们一行人在龙殿坑后山等着。

等双方一见面，才发现原来这两名红军战士就是一直在这一带活动的龙遂县委书记曾友昔、委员刘继海。

几人意外相见，分外高兴，相谈甚欢。因长时间赶路，身体疲劳，需要休息，帮工就把许信焜一行带到沙坯岩岩洞歇息。

四、遇袭血染沙坯岩

沙坯岩在龙殿坑后山外 3 里许，位于群山之中，丛林密布，行人罕至。沙坯岩岩洞形如开口狮头，开口处成一洞穴，深 3 米，宽 4 米，洞内可容 10 余人休息。洞前垒一石塸，高约 1 米，左右留有通道，此前 3 步，又砌一石塸，形成两道对付敌人的防御工事。这些都是以前红军战士修筑的。在此休息期间，许信焜传达了上级指示，分析了敌情，研究如何寻找第二纵队，安排了各项事宜。

1937 年 6 月 7 日，就在许信焜等人歇脚的第三天，天刚蒙蒙亮，正当他们准备转移的时候，突然，"哒哒哒、哒哒哒……"不远处响起了密集的枪声。顷刻间，机枪声、手榴弹爆炸声，响成一片。许信焜等人遭受了国民党的武装袭击。"快，注意隐蔽，马上突围！"许信焜等人迅速分成两组，进行突围。"抓活的！"敌人大声叫喊着。大雾和烟雾交杂在一起，弥漫了整个山林，视线极差。

"你们先撤，我来掩护！"为了让战友能尽快突围，许信焜下令警卫员等一组 3 人从岩洞的左侧冲出，一战士不幸中弹牺牲；另一组 4 人从右侧冲出，许信焜毅然决定由自己来断后。

由于敌我双方力量悬殊，尽管战士们浴血奋战，也难挡敌人的枪林弹雨。突然，一发流弹打中了许信焜的胸膛，许信焜努力支撑起身躯继续作战。然而，远处不断有子弹向他飞来，许信焜身上又不断有鲜血涌出来，新伤加旧伤，虚弱的他再也没有力气站起来，倒在离岩洞 200 米远的血泊之中……就这样，许信焜在龙泉的土地上流干了最后一滴血，年仅 23 岁。

当天清晨，大雾弥漫，突围出来的同志，互相之间失去了联系。警卫傅振军、县委书记曾友昔等战友分别在各山头上辗转寻找许久，都未能找到许信焜的踪影，只得向住龙镇老区转移。直到十多天后，当地群众才在密林中发现烈士的遗体并作掩埋。

事后才知道，原来是帮工回去后，无意间向谢祥善说漏了许信焜一行人的身份和行踪。而谢祥善当晚就向乡长告密，于是国民党八都区自卫队就连夜派兵包围了沙坯岩。

1967 年，许信焜的遗骸移葬于龙泉烈士陵园。在他当年献身的那片山岩上，赫然镌刻着"许信焜烈士牺牲地"的纪念铭文。勇猛刚强的许信焜把身躯留在了这人迹罕至的沙坯岩，他可歌可泣的英勇事迹也永远铭刻在人民的心里，如青松不倒，正气永存。

（龙泉市革命老区开发建设促进会供稿，张娟群改编）

"王老板"
智斗地方保长的省委书记

　　1939 年 3 月，丽水城外的厦河村来了一位经商模样的人，他头戴礼帽，身穿哔叽长衫，手戴一枚硕大的金戒指。他，就是时任中共浙江省委书记刘英。省委书记，为何会作这一身打扮？

一、会看病的百货店老板

　　原来，日军入侵，杭州沦陷后，国民党浙江省政府南迁丽水，大批爱国青年、进步人士也随着机关、学校涌入，一时间，丽水城里群英荟萃，成为当时全省的政治、文化中心。为便于领导全省各地的革命工作，中共浙江省委机关也从温州秘密迁到丽水，并在丽水城内的四牌楼开了一家"兴华广货号"百货店作为联络点。刘英化名王志远，以商店老板的身份住在厦河村里。为了符合老板这个形象，刘英特意作了这副打扮。

　　刘英在房间里挂上了自己书写的对联"明月松间照，清泉石上流"和自己画的《水中鱼乐图》，以示不问政治，只求安闲。他还在房间里摆了一些旧书，以及红汞、碘酒、消炎药膏之类的常用药。平时，邻居有个头疼脑热，就到他这里问诊，凭着过去在部队里学到的医学常识，刘英治好了不少人的病。就这样，他很快就和当地百姓打成了一片，大家都热情地叫他王老板。

刘英的房东王玉坤是保长，他的两个儿子身上长疮，都让刘英给治愈了，所以对刘英非常敬重。王玉坤目不识丁，以前，凡是从上面来的公文，都去找村里的教书先生念给他听。自从刘英住到他家，并且取得他的信任后，他就请刘英念给他听。遇到要捐款或派壮丁的事，他就主动向刘英请教应对的办法。如此一来，刘英从公文里了解到不少国民党当局的动向，并依照公文上的印鉴，复制了许多印章和证明，给共产党的地下活动提供了很多便利。

二、吃了"软钉子"的特务保长

不久，厦河村换了个姓刘的保长，他是个国民党特务。刘英对他处处提防，行动也更加隐蔽了。刘保长的眼睛总是盯着刘英，但刘英掩饰得很巧妙，始终未被看出破绽。可这家伙岂肯就此罢休，又想出了派壮丁捐的办法，企图再次试探刘英的身份，或者狠敲一笔竹杠。

这天，刘保长来到刘英的房间里，寒暄了几句，便转入正题："上面又要派壮丁了，我想你是个生意人，吃不得苦，也就不为难你了。干脆，你出点钱算了。"

刘英对这一套早有防备，不慌不忙地说："刘保长，这壮丁捐，无论如何也轮不到我头上。一来我是大学生，二来我是独子。按政府规定，是可以免役的。本来，这事我早就该登门报告了，只是一直没有空闲，劳驾你了。"

刘保长没想到一开头就碰了个软钉子，心里很不爽。他定了定神，板起面孔，冲着刘英说："王老板，你既然是个大学生，就应该有文凭，能让我看看？"

刘英看出这家伙是想敲竹杠，故意有些神情紧张地说："我离家时走得急，文凭可能没有带来。"

刘保长一听，露出了得意的神色，奸笑一声说："王老板，今天拿不出文凭，可就别怪我不客气了。"

刘英这才不紧不慢地走到床前，打开了随身带来的小箱子。刘保长死死盯着刘英的手，当看清楚刘英翻了半天，拿出来一张纸时，就知道没戏了。这是一张中央政治大学的毕业证书，上面清清楚楚地写着王志远三个字，证书的左下方还盖着校长的名鉴。

这下子，刘保长无计可施了，而且感到这个王老板确实有点来头，便赶忙换了一副面孔，满脸堆笑说："王老板，你是大学生，又是独子，理应缓一缓，缓一缓。"

刘英看他软下来了，便客气地说："刘保长，如果你缺钱花，尽管开口。"

刘保长听出刘英话里有话，慌忙掩饰说："王老板，你这是说哪里话！兄弟我也是例行公事嘛！望勿见怪，望勿见怪。"

接下去，这家伙又提出想和刘英交朋友。刘英心想，这倒是一个好机会，一来有利于在厦河村站住脚，二来可以通过他了解一些外界的情况，于是顺水推舟答应了。

打那以后，刘保长每隔几天就到王老板家里来聊一阵子，不知不觉为刘英提供了一些很有价值的情报。他哪里知道，自己交的这个"朋友"竟然是中共浙江省委书记！

三、700多个日夜书写的光辉一页

白天，刘英摆出一副老板的派头，悠闲地在村子里串串门、散散步，为邻里解决一些家庭纠纷。夜幕降临时，刘英开始了真正的工作。此时，左邻右舍都已入睡。他把房门一关，拉上厚厚的窗帘，借着昏暗的煤油灯光，把交通员送来的情报和各特委、县委送来的工作报告，先仔细地看上一遍，再根据需要，起草各种报告或通知。省委秘书再将这些文件抄写若干份，请交通员分发到各个联络点。有时来往文件较多，刘英经常通宵达旦地工作。

就这样，刘英在厦河村当了两年的"王老板"，直到1941年4月，省委机关重新迁回温州，他的身份也没有暴露。

在丽水战斗生活的 700 多个日日夜夜里，刘英带领中共浙江省委开展工作，加强了全省的抗日民族统一战线；召开了全省组织工作会议、全省宣传工作会议、全省妇女工作会议；筹备了中共浙江省第一次代表大会；打通了与上海党组织的联系；完成了与上饶集中营被捕同志的秘密接头；完成了 7 万字的《北上抗日与坚持浙闽边三年斗争的回忆》等重要文献。

刘英和战友们在丽水的这一段革命工作，为丽水的革命斗争史留下了光辉的一页。2005 年 3 月，丽水中共浙江省委机关旧址，包括刘英旧居、兴华广货号旧址、黄景之律师事务所旧址，被浙江省公布为省级文物保护单位。

（丽水市莲都区革命老区开发建设促进会供稿，童未泯改编）

仙霞电波

刘英与省委第一部电台

位于革命老区龙泉市西北边陲浙闽交界的住龙镇，曾是刘英、粟裕开辟的浙西南革命根据地的核心区域，浙江省委第一部电台就设在这里的仙霞岭，浙江首个县级苏维埃政权也诞生于此……这里，在中国革命史上留下了不可磨灭的一笔。

全民族抗日战争时期，在龙泉仙霞岭下的深山里曾有秘密电讯播发。电波传送着中共中央东南局和浙江省委之间的信息，远程指导着浙江的革命斗争。而这部省委电台的建立、开通，与时任省委书记刘英的操持是分不开的。

一、设立电台的由来

1939 年秋，国民党顽固派推行"消极抗日，积极反共"方针，与进步势力的摩擦频频发生。当时，已在皖南集中、准备到延安出席中国共产党第七次全国代表大会的浙江省委书记刘英，受命于危难之时，与处属特委书记张麒麟等人奉党中央命令，返回浙江原岗位继续开展艰苦卓绝的斗争。那时，中共浙江省委不仅远离党中央，孤悬敌后，而且地处山高林密、地势险恶、交通不便的丽水地区。为了加强浙江省委和中共中央的联系，更好地开展斗争，刘英向上级提出了设立秘密电台的建议。中共中央同意刘英的请求，特地从新四军军部调来一部电台，交给刘英带回省委驻地丽水，同时派来了两名机务人员。

二、煤油箱里的秘密

为了安全和便于工作，刘英决定把电台委托给处属特委管理。特委书记张麒麟派处属特委委员傅振军等3人到丽水接运。但是，在国民党、日军的双重封锁下，怎么才能把电台安全运送出去，又该把电台安装在哪里，对他们来说是一个巨大的考验。省委书记刘英为此特地多次召开秘密会议，制订了详细周密的计划，并派专人执行。

根据刘英指示，在丽水的傅振军令机务人员先将电台器材及发电机拆分，并分装在两只"美孚"牌煤油箱里，焊好封口，外表看起来还是像两箱原装的煤油。然后，雇了一艘小篷船，船上装了四大箩黄灿灿的橘子和两只"美孚"牌煤油箱，一身和气的傅振军扮成做小生意的商人，带工作人员溯瓯江而上。

经过明哨暗卡的重重盘问检查，经过急滩险湾，风

餐露宿，日夜兼程，6 天后，傅振军等人终于顺利到达
了龙泉城郊茶寮。到达时，当地的交通员早已在此等
候。互相会心地交谈后，交通员不动声色，挑起煤油箱
就往山里赶路。山路陡峭，煤油箱沉重无比，中途累
了，交通员也不肯多歇脚。大半天后，终于到了事先选
定的目的地——龙泉县住龙乡水塔村的水碓坑。

　　早一步赶到的两名机务人员，立即从煤油箱里取出
电台器材及发电机，再将电台组装好，把天线调试到
最佳接收方位，戴上耳话组，摁动电键，"嘀嗒，嘀嘀
嗒……"一串串美妙无比的音符在崇山峻岭之间来回穿
梭，比百灵鸟的歌喉婉转，比山林间的溪水动听。

　　从此，浙江省委有了自己的第一部电台。

三、电报员的忠诚守护

　　1940 年春，通过仙霞岭下的电台，浙江省委和东
南局之间的电波频频传送，电文是机务员杨萤收发的。
为了保密，杨萤通常把收到的电文，用小号字抄在一张
薄薄的纸片上，搓成小卷，插在雨伞柄里、缝在衣角里
或放在其他隐蔽的地方，然后由交通员陈成昌或张子斌
送至丽水浙江省委办公处。

　　省委书记刘英对龙泉早就有深厚感情，三年游击战
争时期在龙泉的经历，让他对来自龙泉的电台人员感到
亲切。每当交通员送电文来，他都会热情接见，嘘寒问
暖。有一次，交通员张子斌送去电文，刘英便留他吃

饭。这期间，刘英问张子斌有没有成家，张子斌回答："现在革命任务重，事情多，要等到革命胜利后再说。"刘英便颔首称赞，表扬他思想好，责任心强，并嘱咐他要严守机密。

年轻的杨萤是机务组中唯一的女性，平时工作认真、仔细。有一次杨萤到丽水，路过照相馆的时候，进去拍了一张照片，却不曾想过一张小小的照片也可能酿成大错。这件事被刘英知道后，他便找杨萤谈话，向她讲明地下斗争纪律的严肃性和当前形势的严酷性，万一因照片暴露身份，后果不堪设想。杨萤听后感到十分惭愧，立即把照片撕毁，免去后患。

省委电台工作半年多后，由于形势恶化，且损耗的零部件无法购买、更换，故障得不到处理而停用了，最后受国民党顽固派的偷袭而遭到破坏。

四、仙霞电波的意义

虽然浙江省委第一部电台收发运转的时间不到一年，但它及时传递了各种军事信息，实现了省委与东南局、新四军军部的有效沟通，指导了浙江各游击区的革命斗争，挫败了国民党军队的多次"清剿"行动，为浙江的解放事业奠定了坚实的基础。

仙霞电波也从另一个侧面体现了中国共产党在严峻残酷的战争年代，努力讲究斗争的策略性和科学性，借助电台电讯取得根据地斗争成功、赢得胜利的伟大革命成果。

省委第一部电台的设立和运转，虽然只是刘英光辉而短暂一生中的普通事迹，但它和其他许许多多惊心动魄的战斗一样，有其不可替代性，成为了他革命生涯中的不朽功绩，推动了我们伟大解放事业的成功。

（龙泉市革命老区开发建设促进会供稿，张娟群改编）

林心平

坚贞的虎胆女英雄

　　浙江省平阳县水头镇第一小学塑立着一尊英勇的女英雄半身铜像，她坚毅的目光中带着期许。江苏省宜兴县官林小学也为她树碑建墓，称她为"长滆女杰"。每年清明节，两所学校的全体师生都会为她扫墓祭奠，缅怀革命先烈，传承红色基因。她，是谁？

一、多般化名立心志

　　她自幼酷爱读书，立志报效祖国，希望像"鉴湖女侠"秋瑾一样，为革命事业奉献自己的青春，于是改名林秋侠。

　　她投笔从戎，积极响应党组织的号召，扛住了敌人的严刑拷打，成功加入党组织，奔赴在抗战的第一线。因思慕宋朝抗金女英雄梁红玉，她化名梁玉。

　　她被誉为"长滆女杰""虎胆英雄"，勇闯特务营，智取日军炮楼，勇敢无畏，信念如磐，后来遭汉奸出卖，不幸被捕，惨死在日军的手下。

她就是抗日英烈——林心平。

2014年9月1日，林心平被列入民政部公布的第一批300名著名抗日英烈和英雄群体名录。

二、医者仁心代代传

林心平原名林秋逸，1919年秋出生于浙江省平阳县水头镇。林家是中医世家，林心平从小就跟着父亲行医，遇到贫苦病患，父亲都会免费治疗，正所谓医者仁心。在战乱年代，父亲还经常收治红军游击队员，他对林心平说："他们都是最好的人，是为了我们的幸福生活流血，有些战士小小年纪就牺牲了。"虽然，当时年幼的林心平听得一知半解，但是她知道红军是人民的大救星。

1935年夏，林心平考入温州师范学校简易部。"一二·九"运动后，她参加宣传队、办校刊，扩大抗日宣传。1936年五一劳动节，温州地区爆发了要求抗日的学生运动，林心平是领导人之一，因此被开除。7月，她与表姐蔡翠云上山找哥哥林怡（后改名杨进），参加革命工作。地下党吴毓布置印发《浙南抗日救国大同盟告爱国青年书》任务后，林心平和蔡翠云赶回家连夜印发2000份传单，贴遍水头镇。国民党当局大为惊恐，搜捕到她们两人。在审讯中，林心平据理力争，由于地下党营救和社会舆论的严厉谴责，国民党当局只得把两人释放。林心平出狱后，辗转参加了红军游击队。

三、长漏女杰威名扬

1936 年 8 月，粟裕要求浙南红军游击队派人把省委报告送上海转给陕北党中央。17 岁的林心平勇挑重任，在敌人林立的关卡之下，克服重重障碍，一路辗转到温州，在地下党安排下乘轮船到上海，把密件交给党组织。中共上海特科领导很满意她的表现，留她在沪工作，并于 11 月吸收入党。

1937 年 5 月，党组织调林心平和杨进到政治交通站工作。"七七"事变后，林心平任上海八路军代表办事处机要秘书。这年冬，上海沦陷，她去延安抗大学习，刻苦钻研马列主义经典著作，接受严格的军事训练，多次聆听毛泽东等中央领导的报告，政治觉悟和军事素质得到了很大的提高。次年夏天，抗大学习结束，她被分配到武汉中央长江局，改名为林心平。

1939 年冬，林心平接受新四军江南指挥部的派遣，到溧阳新昌开辟新区。在开明乡乡长蒋万象等人协助下，仅用不到 1 个月时间，就在新昌开办了有 300 多名学员参加的夜校，又从中挑选了 120 多名进步青年组成了"青抗团"，并在团内建立党支部，壮大地方抗日武装力量。她亲自访问国民党溧阳县党部书记蒋廷鉴，晓以民族大义，成功吸纳国民党自卫队 30 多人与青抗团合作抗日，在新昌地区形成一支抗日武装，使斗争从秘密走向公开。国民党顽固派对此不禁哀叹："想不到新昌竟被一个黄毛丫头赤化了。"

1941年春，国民党在全国掀起第一次反共高潮，苏南国民党派四十师直属特务营进占游击区中心的潘家村。中共金坛西南村工作委员会召开紧急会议，研究对策，决定从内部挖掉这一毒瘤，由林心平负责执行。她以金坛失学青年身份加入特务营当文化教员，取得信任后，配合短枪队突击，一举解除特务营武装，俘虏营长李明，缴获机枪2挺、长短枪50多支。

皖南事变后，中共苏南区委奉命在敌后建立抗日民主政权。金坛中心县委成立了金（坛）、溧（阳）、宜（兴）、武（进）、丹（阳）五县联合政府。1941年3月，林心平任县政府文教科长。这年夏天，国民党保安九旅向日本投降后，进驻长（荡湖）滆（湖）地区，配合日军对抗抗日部队。林心平兼任宜兴县官林区区长，带着一支6个人的短枪班，前往长滆东南边区开展武装斗争。她镇压了铁杆汉奸蒋四麻子，建立区、乡政权，组织游击小组，短短几个月就在官林区站住了脚，把游击区扩展到滆湖南岸的新河桥一带。日伪政权企图趁抗日民主政府立足未稳，将其一举消灭，屡次进行"扫荡"。林心平利用湖荡芦苇与敌人周旋，虽然饥病交迫，仍乐观坚定，即景赋诗：

> 割把芦柴铺作床，一觉睡到大天亮。
> 敌寇汽艇围湖转，我在湖中打鱼忙。

逗得大家哈哈大笑。

敌人"扫荡"一无所获，倒是林心平常常率部到敌人据点边上活动。一天上午，一个小孩来报告："3 只乌鸦来村催粮，还要钞票，限 5 天送去，现在正给他们准备午饭。"她听后马上带领 3 位同志，趁敌人围着妇女嬉闹时，用枪顶住他们胸膛并警告说："今天不杀你们，回去告诉你们队长，以后不准给鬼子带路、抢粮，不准出卖自己的老祖宗！否则，将来要同你们算总账的！"

四、产后被捕夫复仇

1942 年 6 月，宜兴地区的抗日烽火日益高涨。林心平因产后病重，被党组织秘密转到江苏金坛县儒林镇就医。汉奸头子吴苏得到情报后，派特务连夜包围了中药铺，林心平赶紧烧毁了机密材料，并进行顽强抵抗，在子弹打尽后被捕。敌人欣喜若狂，伪军头目吴苏多次审讯林心平，保证只要林心平的丈夫（时任新四军六师四十七团团长诸葛慎）归顺，她就可以回去，结果反而被林心平大骂一顿。气急败坏、丧心病狂的吴苏将林心平交给了日军。

日军知道她是共产党的要员，就百般威胁利诱，用尽 36 种酷刑，使她浑身上下血肉模糊、白骨外露，但她威武不屈，怒目相对，不吐一字。日军绑着她在官林镇"示众"，但她屹然挺立，向沿街群众高呼：

"打倒日本帝国主义！"

"今年打败希特勒，明年打败日寇，抗战一定会胜利，新四军一定会解放你们的！"

敌人狼狈不堪，匆忙把她拖到官林小学操场后面的树林中，用刺刀杀害。就这样，林心平为党和人民的抗日事业献出了自己年轻而宝贵的生命，年仅 23 岁。她死后 5 个月，儿子也不幸夭折。

同年，林心平丈夫诸葛慎率领短枪队，追杀日军和汉奸，手刃仇人，悼念亡妻林心平。

林心平牺牲在至暗时刻，可正因为革命先烈燃烧生命带来的点点星火，才指引我们迎来了黎明。

（平阳县革命老区开发建设促进会供稿，张娟群改编）

龙凤山

日寇闻风丧胆的诸暨地名

　　因为国际反法西斯阵营势力的变化，1942 年是中国抗日战争最为艰难的一年。日军势力几乎横扫整个东南亚，士气也几乎到达了顶点。

　　1942 年 5 月，日军调集五个师团、三个混成旅团共 14 万余人，发动了浙赣战役。5 月 17 日，诸暨县沦陷，在浙赣铁路诸暨段两侧——长澜、直埠等据点，敌人聚集重兵 3000 余人，有步兵、炮兵、工兵和骑兵等。全县人民在日寇铁蹄之下，过着水深火热的生活。日寇四处狂轰滥炸，奸淫抢掠，无恶不作。短时间内，生灵涂炭，尸横遍野，诸暨一片人间炼狱的惨象。

　　当时，国民党顽固派闻风溃逃，消极抗日，积极反共。汪伪汉奸政府组织"维持会"，摇旗呐喊，上下配合，收编游匪，成了可耻的汉奸部队，讨好日本人，残杀共产党和进步群众。

一、诸暨抗日自卫队初露锋芒

诸暨人民不愿意坐以待毙,任人宰割。在中国共产党领导下,积极行动起来,进步分子成立了抗日后援会,提出"抗日保家乡"的响亮口号。中共诸暨县委书记朱学勉指示地下党员何文隆,以泌湖乡地下党员为骨干,组织了一支30余人的泌湖乡抗日自卫队。1942年6月底,发展成为六七十人的诸北四乡抗日自卫队,并立即投入到极为残酷的抗敌斗争中去。

1942年8月20日早上,驻湄池(今诸暨市店口镇)的日本侵略军和汪伪军80余人,在汉奸带领下,耀武扬威地乘汽艇经三江口村(今诸暨市店口镇),沿枫桥江逆流而上,向尚山头(今诸暨市山下湖镇)、山下湖镇实施"扫荡"政策,即杀光、抢光、烧光,所到之处,几乎寸草不留。

这天,诸北四乡抗日自卫队60余名队员正在尚山头郑家祠堂内进行紧张的军事训练,步哨发现了日寇的"扫荡"行动并立即上报。队员们听到消息后,摩拳擦掌,纷纷向领导请战,坚决要求消灭来犯之敌,以雪国仇家恨。带队领导分析敌我形势后,立即部署:一面派侦察员报告第三战区淞沪游击队第三支队第二大队(南进支队),请求紧急支援;一面把队伍拉到尚山头村西、山下湖对岸的堤埂南侧埋伏起来,准备伏击敌人。

当挂着膏药旗的日寇汽艇"突突突"地进入伏击圈

内时，一声令下，抗日自卫队的子弹也"突突突"地射向敌人，展开了激烈的战斗。一直如入无人之地的日军一下子晕头转向，这批"良民"怎么敢造反？怎么敢向"皇军"开枪？日军头子也摸不准到底有多少共产党部队，纷纷乱了阵脚，有的把船靠到对岸逃往龙凤山（今诸暨市山下湖镇），有的慌乱中连人带枪掉入河内。战士们当场活捉5个汉奸，缴获子弹1箱，夺回被日寇抢去的毛猪2只。敌人占领龙凤山后，凭着居高临下的地势和武器精良的优势，负隅顽抗，紧张的战斗仍继续着。

二、游击队支援再次伏击

在得到地方报告后，第三支队第二大队大队长蔡群帆立即作了战斗部署：由五中队队长黄明带领五中队先上山警戒，由六中队掩护大部队带电台立即转移。五中队和蔡大队长在山上会合后，在前进途中发现还有两座山。战士问了当地老百姓才知道，它们一座是龙山，另一座是凤山，合称龙凤山。远远瞧见，这两座山间的小村中似有日伪军活动，但枪声已逐渐微弱。蔡大队长和黄明分析判断，估计四乡自卫队已和这股日伪军脱离了，于是决定：四、五中队分路前进，蔡大队长带领四中队迅速占领对面的山头，然后出其不意，居高临下攻击小村中的日伪军；黄明则带领五中队，到鸡笼山（今诸暨市山下湖镇）一带设伏，堵住敌人的退路。

这时，四乡自卫队已经转移，敌人根本没想到竟然还有另一支敢打"皇军"的部队。蔡大队长率四中队前进至距敌不到 100 米处，命令队伍散开，攻其不备，对日军猛烈开火，一下就打倒了好几个日军。这一突然袭击，使日伪军更加乱了套，慌不择路，急急忙忙地向村外逃去。四中队进村时，一名老百姓向四中队报告，说有个日军还躲在他家里。蔡群帆叫四中队派人去抓，自己则带着部分队伍追击敌人。四中队中队长钱俊派副队长张贤生带了几名战士包围躲着的日军。但这名日军拒不投降，被战士詹志余当场开枪打死。后从他身上的战牌了解到，此人是一名少尉军官，名叫柳泽春夫。

蔡群帆带了四中队继续追击，一路上又抓了些伪军和汉奸，当地老百姓也抓了些逃散的伪军送到四中队，有 10 余人。后经查明，是民工挑夫的，经教育后全部释放；是汉奸伪军的，全部枪毙。

从龙凤山突围逃走的日伪军沿着枫桥江堤向湄池方向逃跑，而五中队战士早就在敌人必经之地——鸡笼山上等着他们。鸡笼山是枫桥江旁的一座小山，高不过数十米。五中队二区队队长刘祥根架着一部轻机枪埋伏在山冈上，瞄准日军。当敌人隔河距部队七八十米时，黄明大喊一声："打！"机枪首先发挥威力，战士们的步枪也对准各自选定的目标射击，敌人一个个应声倒地。

日军一天内遭到三次埋伏袭击，被打得晕头转向，根本不知道到底有多少抗日部队，丝毫不敢前进，隔河相持了半个多小时。后来，日军在河边找到了一艘小船，七八名日军竟异想天开妄图乘船过来抢夺五中队的轻机枪。刘祥根赶忙把机枪移动位置，隐蔽瞄准这艘小船，当船离岸只有四五米时，对准船上的日军扫射，立即"报销"了4名日军。还有几名日军跳水逃跑了，会游泳的日军游到河对岸不敢再前进，有小船的日军也不敢再下水夺枪，只能隔河向五中队射击。在双方对射中，五中队也略有伤亡。

三、龙凤山人民同仇敌忾

其他日本鬼子在逃跑途中，更是溃不成军，处处挨打。两个汉奸逃兵逃到大顾家村时，慌慌张张地想摆渡到对岸，还拿出两个亮晃晃的银圆，企图高价收买船工。村民顾章校、顾维尧一眼认出了他们的汉奸身份，立马抡起船板，在河边将其活活砸死。

接着又来了一个日本鬼子，往日里趾高气昂穿着的军装早已被他扔掉了，还胡乱套了一件不知道从哪里抢来的老百姓衣服，跑得上气不接下气，到处张望着。这个日本鬼子是从小顾家村摆渡到大顾家村的，当他下船后，正暗自庆幸自己聪明，装个老百姓，蒙混过关了。摆渡船工顾天正其实早就觉得这个人不对劲，鬼子换了上衣却没换军裤，那一抹土黄色深深地刺痛了顾天正。趁鬼子不备，他一个箭步从后面扑上去，牢牢抱住鬼子不放手，扭打起来，一直打到滚入河中，还继续搏斗。

附近的村民顾全木看见这种情景，立即从家中拿了一把大鱼叉，帮着把鬼子活活叉死。

据当地史志记载：战斗直至8月20日16时结束，共击毙包括日军少尉柳泽春夫在内的日伪军20余人，俘虏伪军10余人、奸细1人，缴获枪支弹药一批。

龙凤山战斗，是日军发动浙赣战役以来，遭遇共产党领导抗日武装的首次打击。很多年后，龙凤山这一地名依然让日寇闻风丧胆。作战的两支抗日队伍英勇无畏，用事实粉碎了当时甚嚣尘上的"日军不可战胜"这一无稽之谈，极大地鼓舞了诸暨人民的斗志，打击了敌人的嚣张气焰，谱写了一曲军民齐心合力共杀日寇的光辉乐章。

（诸暨市革命老区开发建设促进会供稿，张娟群改编）

与狼共舞
地下党战斗在敌营

1942 年秋天，浙东三北地区一农村的一幢大瓦房里，几个人围坐在一张方桌周围，门窗紧闭。这里是中共浙东区党委对敌伪军工作委员会（敌工委）的办公室。根据浙东区党委的指示，这里正在讨论一件事关浙东抗战大局的重大事项。"好！"敌工委书记朱人俊轻轻一敲桌子，说道："这件事暂时这么定下来，需再请示区党委意见。此事事关重大，绝不能走漏半点风声！"

几天后的晚上，同一间房子里，朱人俊与一位上海口音的中年男子正秘密交谈。朱人俊告诉中年男子，党组织要交给他一项艰巨而光荣的任务。这个中年男子就是王三川。

一、隐姓埋名，肩负重任

王三川祖籍上海浦东三林镇，是 1927 年入党的老党员。十多年来，他出生入死、南征北战，担任过浦东抗日游击队的大队长，又受党指派打入浙东镇海县警察局任队副。

"三川同志！"朱人俊深深注视着这位身经百战的战友说，"从今以后，你改名为王培良，我也要叫你培良同志了。"他顿了顿，接着说："你面临的任务是艰巨的，斗争环境是险恶的，但事关浙东抗战的大局！谭政委要我转告你，'一个共产党员不论战斗在哪里，他都是生活在党的怀抱里'。当然，余姚城内也绝不会是你一个人孤军作战，那里有党的组织。同时，我们也已安排了一些同志陆续埋伏进去，必要时他们会与你取得联系。"

王培良紧紧握住朱人俊的手："朱书记，感谢党组织对我的信任。请您转告谭政委，虽然任务艰巨，但是难不倒共产党员，即使粉身碎骨，我也保证完成任务！"朱人俊谆谆嘱咐："记住！党给你的任务是长期潜伏、伺机而动，切莫轻举妄动。现任余姚保安团团长张妙根是你的同乡，又是你的同学，你要充分利用这层关系，创造条件完成任务，隐蔽自己。对张妙根，我们会通过各种途径进行统战工作，争取他。不过，余姚县伪县长劳乃心是一条死心塌地为日寇卖命的'走狗'，此人阴险狡猾，你要务必多加提防。"王培良点点头。

初冬，朔风渐起，吹在身上冷飕飕的。余姚城内城隍庙东首的邵家花园是伪军余姚保安团（简称"姚保"）团部，门口岗哨林立。王培良身穿长袍，头戴礼帽，俨然一副商人打扮，独自站立在门口一侧等候。卫兵听说他是团长的好友，不敢怠慢，立刻进去报告。少顷，院子里响起一阵脚步声。伪军余姚保安团团长张妙根亲自出门迎接，老远就喊道："哎啊，三川兄，什么风把你吹来了，快请，快请进！""前不久，我才知悉你在余姚城里，这，我就请了长假前来投奔，不知你张兄收还是不收？""哈哈！知我者，三川兄也！"张妙根一拍大腿，连声称妙，猛然想到王三川告诉自己已改名王培良，于是改口说："你培良兄文有才华、武有胆量，有你相佐，我还有何求。"随即任命王培良为团副。

二、精密策划，严加部署

王培良到任后，把一些共产党员和革命群众通过精心部署安排到了保安团内部。陈湃、何午初在团部任参谋，周益民在保安团任分队长，张德兴任团部文书。党员杨金标打入了日军驻余姚联络部当密探，会日语的葛兴进了联络部当翻译官。王培良的妻子王友菊和弟弟王联芳也来到余姚，全力协助，王联芳后担任团部军需主任。

不久后的一天，杨金标、葛兴传来重要消息：日军驻余姚联络部将派杨金标明日去四明山搜集新四军情况，为大部队行动做准备。王培良从张妙根口中证实了消息的可靠性，便派人将密件送至四明山。

第二天，日军驻余姚联络部果然派杨金标去四明山区刺探我军情报。杨金标化装成山民模样，悄悄地摸进交通联络站，敌工委同志早已等候在那里。根据司令部的布置，敌工委有意让杨金标带回一个假情报，声称游击队近日内正在陆埠十五岙一带活动。当天傍晚，杨金标回到余姚城里，向敌联络部报告了侦察到的"情报"。

次日，日军联络部果然派遣百余名日伪军去十五岙"扫荡"。而新四军则早已部署兵力在四周山上布下"口袋"，等敌人一进山岙，就从四面八方给予狠狠打击。敌人摸不清四周有多少新四军，一个个连滚带爬地逃出重围，共损伤 20 余人，其中包括日军指挥官 1 名。

三、勇救战友，整编"姚保"

1943 年冬，三北游击司令部第五支队第三大队大队长蔡葵在姚北一场与日伪军的战斗中不幸受伤被俘，被关押在庵东日军宪兵队。党组织通知王培良务必尽力营救。王培良接受任务后，先做通了张妙根的工作，将蔡葵接到余姚惠爱医院抢救。蔡葵自被俘后就抱着必死的决心，拒绝治疗。王培良精心设计，派了两位与蔡葵熟悉的地下党员，以探望与蔡葵同室的病人为名，把计划用暗语传递给蔡葵。蔡葵充分理解党组织的决定后，开始接受治疗，伤势渐渐痊愈。医院外，王培良也在抓紧进行营救准备，争取到了张妙根的同意与配合。

这一天，王培良和张妙根事先把医院的岗哨换成可信的士兵，并安排秘密接应人员混入医院，同时，两人又以看病为名吸引士兵的注意力。等时机成熟，王培良一个暗号示意，预先混入医院的地下党员立即行动，将蔡葵抬出病房，并从后门离开医院，护送其到上海养伤。

伪余姚保安团共有三个大队，一个独立中队，人员成分复杂。余姚县伪县长劳乃心多年来极尽拉拢收买其成员。敌工委认为，为了贯彻区党委对余姚保安团工委"隐蔽精悍、长期埋伏、积蓄力量、以待时机"的方针，必须通过整编方式，加紧掌握部队，巩固王培良等人的领导地位。

在张妙根的支持下，王培良着手对"姚保"进行整编，撤掉了原有人员的职务，委任何午初为中队长，将周益民提为副中队长，并委任张同根、刘世忠两人独立中队中队长和一中队中队长之职，确保几个中队的实权牢牢地掌握在自己人手中。

"姚保"整编成功对于敌工委坚持在敌人内部开展斗争工作意义重大。同时，通过与张妙根的多次接触，党组织充分了解到张妙根的政治立场与爱国热情。在党组织的教育下，张妙根的救国救民思想境界得到提高，与新四军商定了"尽量对敌消极应付，避免与新四军正面冲突，收集提供敌伪动态，配合根据地军事斗争"等协议。

四、献身革命，无惧无悔

狡诈的劳乃心对张妙根、王培良早就心存芥蒂，处心积虑地寻找机会，欲置张、王于死地而后快。

1945 年 4 月，张妙根的母亲六十大寿，张妙根携家眷送母亲回家乡浦东。临行前，他宣布由王培良代理团务。张妙根这一走，劳乃心感到机会来了。他打电话给正在临山送行的王培良，要他立即回余姚城里，有要事相商。

王培良对当时的形势也有所警惕，向敌工委同志作了汇报，并约定第二天再回临山碰头。王培良回去见劳乃心，简单交流，并无要事。次日，即 1945 年 5 月 1日，根据事先约定，王培良带警卫员谢海忠雇一条小船回临山。船近太平桥时，突然，岸边窜出一群劳乃心手下的侦缉队士兵，喝令靠岸。谢海忠大声喊道："我们是保安团的，去临山执行公务。""不行，'皇军'命令，过往行人、船只一律受检。"眼看闯不过去了，王培良只好令船工靠岸。

岸上布满了赵祖英的侦缉队，他们奉劳乃心之命，已在这里等候多时。王培良一踏上河岸，赵祖英立即命人一阵乱枪射击，王培良中弹身亡，谢海忠也被击中要害倒地。

同一天，日军宪兵队查抄了王培良的家，抓走了何午初、陈湃、张继兴、周益民等人。日军和劳乃心的部属还分兵突袭了驻余姚、马渚、临山、泗门的姚保部队。

敌工委同志焦急地等待着王培良的到来，但直到傍晚还未见人影后才知道出事了。于是迅速作出了联络部队、撤退机关和物资的决定。何午初、张继兴、周益民被捕后，敌人施尽各种手段，企图从他们口中挖出余姚城敌工组织的情况，但三人宁死不屈，最终被日军刽子手残忍杀害。

万幸，打入日军联络部的葛兴和杨金标未暴露目标，余姚城的敌工委也未遭到破坏，他们依然埋伏在敌人的眼皮底下，为抗日战争默默奉献，直至抗战胜利。

（余姚市革命老区开发建设促进会供稿，原作者张杰，

郑心怡改编）

万岙伏击战
粉碎日伪"清乡"计划

　　万岙伏击战是浙东抗日战斗中少数记入《新四军辞典》的战例。《新四军辞典》由开国上将叶飞作序，上海辞书出版社出版发行。辞典中"万岙伏击战"辞条记载："（1943 年）4 月 22 日，第五支队第二大队第六中队在夜幕掩护下进到万岙埋伏。次日，日军 20 余人乘汽艇逆流而来，岸上另有 10 余人齐头并进。当日军进入伏击圈时，第六中队先以密集的手榴弹将敌杀伤过半，又勇猛出击与敌白刃格斗。战斗不到半小时，日军只有两人逃脱，也被当地农民用锄头砸死。此次战斗，还缴获轻机枪 1 挺、掷弹筒 2 具、步枪 10 支。"这是一次永载浙东抗战史册的战斗。

一、"清乡""蚕食"规模空前，反击战一触即发

　　1943 年 4 月 22 日傍晚，天空下着绵绵春雨。刚结束支队会议的张世万，目光坚毅，脚步匆匆地往回走。

　　张世万是福建人，瘦高个子，曾是红军战士，时任

三北（余姚、慈溪、镇海 3 县北部）游击司令部第五支队第二大队大队长。此刻，支队领导在会上的讲话还萦绕在他耳边——自 1942 年底我军取得第一次反顽自卫战争胜利后，以国民党部队番号作"灰色隐蔽"的浙东新四军，按中共浙东区委"坚持三北，开辟四明"的方针，大部队渡过姚江，进入四明地区，主力只留下第五支队配合中共三北地委开展游击战，坚持三北抗日根据地斗争。三北的日军欲趁机严控这一战略地位十分重要的地区，组成日伪军混合的 2000 多人"清乡"队，在姚北（浒山至坎墩一带）沿杭州湾一带筑 2 米多高、几十公里长竹篱笆墙，划出"清乡"区。同时，在三北地区以增加新据点、新碉堡及用竹篱笆拦断部分地段河道等手段，对根据地发起规模空前的"清乡"和"蚕食"，企图扑灭三北地区的抗日力量。敌伪的步步紧逼，使五支队活动越来越困难，区党委"坚持三北"的方针面临严峻考验。

张世万回忆自己在会上听到支队领导的讲话，眉头越皱越紧。在讨论如何粉碎敌人的"清乡"和"蚕食"计划时，三北地委书记兼五支队政委王仲良和支队长王胜根据敌情变化，确定主力仍以中队为单位，各地自卫队仍以区、乡为单位，采用高度分散、密切配合、灵活机动的战略战术打击敌人。会议决定由张世万大队长率第六中队，趁天黑雨夜，秘密插回敌伪"清乡"区，寻找战机，主动出击，打击敌伪的疯狂气焰，提高民众的抗日信心。

天快黑时，张世万返回大队部，马上向六中队的张文荣中队长、凌汉琪指导员传达支队领导的命令，并布置了晚上的行动任务。张文荣、凌汉琪都来自浦东南渡部队，一听有战斗任务，情绪高涨。稍后，六中队整装集合，在茫茫夜色、蒙蒙细雨中，离开了驻扎多日的慈溪古刹五磊寺，静悄悄地下山，进入敌伪"清乡"区，奔向当晚的新宿营地——万岙。

二、速战速决，半小时歼敌 30 多人

万岙，地处浙东慈溪县，是个拥有百余户人家的小村庄，距东面敌伪常到的鸣鹤场（片村，位于慈溪县观海卫镇西南部）和西面的敌伪樟树庙（今慈溪市匡堰镇樟树村）据点都只有十多里路。紧靠村北面的东上河，是一条东西向通航的大河。河北岸是鸣鹤场至樟树庙的东西大道。另有一条乡村大路可直通东北的敌观海卫据点。张大队长的设想是在东上河上寻机伏击。

在敌伪"清乡"区活动，要高度机动，"神出鬼没"。张大队长命令部队不进村，转向村东北小山脚下一座孤零零的夹山庵。为了避免暴露行踪，悄悄在这里宿营。六中队的行动，连近在咫尺的万岙村民都一无所知。

4月23日凌晨，张世万派出几路侦察员后，一边命部队做好战斗准备，一边思考着可能面临的困难。

"清乡"区作战，环境险恶，困难重重。根据地方党组织所提供的情报和部队的侦察，驻守观海卫的日军，前段时间经常骚扰附近区域，但今天敌人来与不来却是未知数。部队隐蔽宿营在此，选择鸣鹤场以西、东上河万岙段设伏，地形较理想，如果狩猎落空，只要不暴露我军秘密伏击意图，日后仍可再寻战机。

"报告大队长！"两名派往鸣鹤场方向的侦察员急匆匆过来报告，"天刚亮时日本鬼子就到了鸣鹤场，约有三四十人，有的坐船，有的步行，自鸣鹤场沿东上河西行，离这里只有3里路左右！"张大队长听完汇报后兴奋地说："送礼上门，不能不受！"立即命令张文荣、凌汉琪率六中队迅速上山，抢占紧靠东上河南岸小山上的制高点，利用山腰矮松林丛的有利地形埋伏，将东上河和北岸大路完全控制在六中队的有效火力之下。

部队进入伏击位置后，刚挖了些简单工事，敌人就已经接近小山脚下。这是清一色的日本兵，共30多人。多数敌人乘坐汽艇，船头上架有机枪，船尾上插着太阳旗；岸上还有10多个日本兵端着枪，成一路纵队沿河道与船只齐头并进。一路上，敌人警觉性很高，不停地举起望远镜四处观察。

张大队长的目光紧盯着日军。当敌人钻进六中队的伏击圈后，大队长猛喊一声："打！"瞬间，密集的子弹落在河面上，手榴弹炸得河中激起一道道水柱。敌船上、大路上烟火滚滚，顷刻间敌人死伤过半。

　　日军意识到情况不妙，想船靠北岸，上岸逃命。张世万当机立断，命令张中队长带领三排迅速过河，迂回到敌人背后切断退路；命令机枪手封锁河岸，让船上的敌人上不了岸、北岸的敌人脱不了身。同时，他亲自带两个排向山下河边冲去，经过勇猛的出击和白刃格斗，截住了企图逃跑的敌船。战斗中有两个敌人侥幸逃脱，可逃到半路，也被当地民众用锄头砸死了。

　　战斗很快结束，六中队全歼出扰日军30多人，当场缴获歪把子机枪1挺、掷弹筒2个和三八步枪10余支。六中队迅速清理战场后，立即向南面山区转移。增援的敌人赶到万岙，只能给同类收尸了。

　　万岙伏击战是浙东新四军在日伪"清乡"区打的一个大胜仗，是浙东抗战史上伏击日军最成功的战例，沉重打击了日军的嚣张气焰，振奋了当地群众抗日的信心。

（慈溪市革命老区开发建设促进会供稿，原作者林峰，

周晚改编）

徐志远

为信仰和爱情奔赴战场的上海姑娘

四明湖东北角桃花岭山坡上，有一座成君宜烈士之墓。

20世纪90年代的一个清明节，在青少年祭扫之后，一位年逾古稀的老婆婆来到墓地，她满头银丝，却脚步稳健。只见她久久地伫立在烈士墓前，轻声默念，仿佛在祈祷。不知过了多久，她终于回过神来，献上一个精致的花环，随后俯身抚摸着墓碑上用瓷板烧制的照片，脸上是难以言表的悲痛。

这位老人就是为信仰和爱情参加新四军的上海姑娘——徐志远。

一、为信仰和爱情奔赴抗日战场

20世纪30年代，徐志远与成君宜在上海一所中学里相识，他们怀揣着远大理想与抱负，是充满爱国热情的青年学生。中学毕业后，成君宜考上了上海圣约翰大学，徐志远考上了上海医学院。在长期交往中，真挚的爱情萌发，他们成为恋人。

在大学期间，成君宜受共产党的教育，积极参加抗日救亡工作，不久后加入中国共产党，成为一名优秀的地下党员。1942年，成君宜参加了浦东的抗日武装，后又渡杭州湾，调入三北（余姚、慈溪、镇海3县北部）游击司令部担任警卫大队指导员。徐志远从上海医学院毕业后，成为一名内科医生，也积极参与地下党领导的抗日救亡活动。

成君宜烈士与未婚妻徐志远

这对恋人一别两年，只能通过地下党联络站秘密传递书信寄托相思。随着四明地区爆发第二次浙东反顽自卫战争，部队流动性更大，信息往来中断。作为未婚妻的徐志远，既思念爱人，又向往敌后抗日根据地。于是，在春节假期，她决定前往浙东四明山探望成君宜。

在组织的帮助下，她南渡杭州湾到达三北。当时三北地区的同志曾劝她，现在四明山那里环境复杂，很不安全。可徐志远心意已决，不管有多少艰难险阻，一定要上四明山。一路上，她听同志介绍，天台的国民党顽固派奉蒋介石政府之命，联合顽军"挺三"（国民党第三战区挺进第三纵队）贺钺芳部、"挺四"（国民党第三战区挺进第四纵队）田岫山部，还有突击营等"精锐"部队，对抗日根据地进行"围剿"。现在的四明山已不再是成君宜信中所写那般，处处是抗日军民的欢声笑语，根据地的设施遭到严重破坏，老百姓家里也被扰得鸡犬不宁。

二、战火纷飞，爱人不幸牺牲

针对国民党"清剿"，我军部队曾一度跳出四明山，西渡曹娥江，进行"外线出击"，后又回到四明山。处于流动作战的四明山区，被紧张的战斗气氛包围，我军需时刻提防顽军的突然袭击。1944 年 2 月 10 日，国民党"挺四"田岫山部，进犯我根据地梁弄西北前方村一带，若不主动反击，定会扰乱整个四明山区。对于穷凶极恶的田岫山，广大指战员早已恨之入骨，司令部首长亲临战地指挥，就连司令部的警卫大队也同其他部队一起参加战斗。

次日拂晓，我军分南北两路包围了前方村，田岫山部命令士兵死守阵地。但在前方村西北的八字桥，突然出现了国民党的"精锐"部队突击营前来增援，我军腹背受敌。至中午 12 时，我军被迫撤出战斗。虽然国民党军队遭受严重损伤，但我军同样损失惨重。在这次战斗中，成君宜不幸英勇牺牲。

1944 年 2 月底，徐志远才刚刚到达司令部，新四军浙东游击纵队参谋长刘亨云就亲切地会见了徐志远，他怕这个纤弱的上海姑娘听到成君宜牺牲的噩耗，承受不住打击，便对她说："成君宜同志奉命出发了，你可以暂住下来。"

徐志远虽感受到气氛紧张，但也接受安排，寄住在梁弄一位村民大妈的家里。大妈的丈夫前几年去世了，留下母女二人。家里虽然贫苦，但收拾得干干净净。去年底国民党进村"清剿"时，连老百姓的鸡、鸭都"清"光了，但大妈还是把偷偷"珍藏"的两枚鸡蛋拿出来，招待这位远道而来的上海姑娘，这让徐志远感受到了根据地群众的深情。

深夜，徐志远在睡梦中见到了自己朝思暮想的爱人，成君宜一身戎装向她走来，紧紧握住她的手。徐志远深情地问候："君宜，你消瘦了，但你显得更英俊更高大，已找不到过去的书生气。抗日军人！向您致敬，向您问好！"成君宜说道："志远，你冒着生命危险，沿途历尽艰辛，来到这满是炮火、硝烟的战地来看望我，感激你的深情厚谊！"

一阵鸡啼打破了清晨的宁静，徐志远从梦境中醒来。"原来是个梦啊，"她喃喃自语道，"也不知道君宜这次出征什么时候才能回来。"徐志远从来没有离开过上海，山区生活之艰苦远非她所能想象。在等待的日子里，她一边帮老百姓干活，一边利用专业技能做些救护伤员的工作。稍有空，她就拿出成君宜的信一遍又一遍地看，一句又一句地读，企盼着爱人归来。

半个月转瞬即逝，纵队领导实在瞒不下去了，不得不告知她实情。听到这不幸的消息，徐志远先是震惊，随后被痛苦淹没……她想哭，却哭不出声来。

三、继承烈士遗志，投身革命

在这战火纷飞的斗争环境中，徐志远深知要革命就会有牺牲。她看到根据地的群众还在遭受国民党军队的炮火袭击，看到沦陷区群众还在受日寇践踏蹂躏，看到伤员流血不止，单靠几个随军医务人员根本无济于事。她想到成君宜曾经的安慰和鼓励，想到自己是医生，毅然作出了人生的抉择：继承烈士遗志，成为一名真正的战士！放弃上海医院内科医生的职务，放弃优渥的大城市生活，留下来，加入救护治疗伤员的队伍。她觉得只有这样，才是对成宜君最好的怀念。

经司令部批准，徐志远换上军装，戴上新四军袖章，成了一名白衣战士。接着，队伍转战三北，参加反日伪军的"蚕食"和"清乡"斗争，直至抗战胜利后北撤离开浙东。当时，徐志远一直想到成君宜埋葬的地方去看看，但在战争时期一直没有机会。

20 世纪 80 年代初，相识的离休老同志来到曾经战斗过的四明山革命根据地，在四明湖畔（原先战斗的旧址已成四明湖）找到成君宜烈士的埋葬处，立刻告知了徐志远。徐志远随即拿出日常积蓄资助修墓，并托战友在景德镇特制了成君宜的瓷质遗像。待到墓修好，徐志远不顾年事已高、路途遥远，特地来到余姚市梁弄镇湖东村桃花岭成君宜烈士墓前，祭奠爱人。

2006 年，徐志远去世，被安葬在成君宜墓旁。这对抗日伴侣终于相聚，永远长眠于桃花岭上。回顾一生，徐志远义无反顾从大上海来到危机四伏的浙东山区、抗战前线，留在未婚夫牺牲的土地上，毅然参加新四军，投身抗日，继续完成未婚夫的未竟事业。这个凄美纯净的爱情故事，是革命年代无数战地恋人可歌可泣经历的代表，展现了革命先辈们坚定的信念、坚贞的爱情、高尚的情操。

（余姚市革命老区开发建设促进会供稿，原作者姚史，

周晚改编）

刘别生

六十年后英雄忠骨归来兮

　　这是一个令人感慨万千、唏嘘不已的故事。抗日战争时期，新四军"老虎团"团长刘别生在富阳战斗中英勇牺牲。直到 60 年后的 2005 年，他的遗骨在临安被偶然发现，烈士忠骨才得以与他的战友——270 名烈士团聚。英雄的忠魂终可安息！

一、"老虎团"团长刘别生壮烈牺牲

　　1943 年底，新四军第十六旅四十八团进驻浙江省长兴槐坎（现煤山镇），这支队伍的前身新四军第一师第二旅第四团屡建战功，被誉为"老虎团"。为了迷惑敌人，"老虎团"团长化名为"方司令"，而他的大名叫刘别生。

　　1916 年，刘别生出生在江西省安福县，12 岁便参加了中国工农红军。红军长征时，他是主力营营长，在湘江突围时部队损失严重，他的腿也受了重伤，可他硬是爬了三天，最终突出重围，找到了留在南方的游击

队。1940年11月，因英勇善战，被提拔为新四军军部特务团团长。在皖南事变中，他作为新四军警卫团团长，奉新四军军长叶挺之命，率领军部卫士排奋勇突围。他横端一挺机枪，身上挂满子弹，战至部队仅存5人，终于突围至苏南与陈毅部队会合。

1945年6月4日中午，刘别生带领一纵队一支队官兵在临安迎战国民党顽79师。刘别生率部在攻占新登（今属富阳区）后，又相继占领了城南的虎山、门前山、章家山等高地。但敌人却占据着更为有利的地形，凭借先进的武器和人数上的绝对优势，居高临下，拼命顽抗。战斗打得异常残酷，双方反复争夺阵地，都伤亡惨重。

这一天注定不寻常。战斗从凌晨一直打到中午，敌我双方依然僵持。刘别生利用中午双方火力停息的短暂间隙，登上200余米高的虎山骑马石阵地，拿起望远镜向敌方阵地侦察。不料，望远镜镜片反光被敌人发现，敌方重机枪子弹突然扫射过来。刘别生腿一软，滑倒在巨石下，身上中了三枪，两颗子弹使他的左臂和左腿粉碎性骨折，一颗致命的子弹射中了腹部。尽管随军女医助张志衍替刘别生包扎了手臂和左腿的伤口，可他腹部的伤口仍血流不止。唯一的办法就是尽快将刘别生送往后方，争取手术。政委罗维道马上命令战士用毛竹和藤蔓做了一副担架，抬起刘别生就往后方医院赶去，他和张医助在担架旁护送。

山路难行，警卫排排长邓云和6位新四军战士换了几次手，终于把担架抬到山下，轻放在地上稍作停顿。此时，刘别生已经极度虚弱，呼吸困难，他要求放弃抢救，并将1支金笔、1块怀表、4块银圆交给罗政委。不久后，终因失血过多抢救无效，29岁的刘别生壮烈牺牲。他留下了两个儿子，大儿子刚满两岁，小儿子出生才5个月。为纪念在新登英勇牺牲的丈夫，妻子苏迪为大儿子取名刘新、小儿子取名刘登。

二、一个新四军后代的"新登"情结

因战事严峻，刘别生牺牲后，其遗体被匆匆安葬于临安板桥村。

1955年，时任上海警备区司令员的王必成将军派人去临安板桥寻找刘别生的遗骸，打算将其迁至上海革命烈士陵园安葬。寻找人员在板桥找到一个小型的新四军阵亡将士合葬墓，但由于时隔多年，已无法辨认每位烈士的身份。最后，寻找人员在征得刘别生家人同意后，就把一具无名烈士的遗骨当作刘别生的遗骸运回上海的墓地进行安葬。王必成也为其墓碑亲笔题写了"英名永存"几个字。

为了怀念英雄丈夫和英雄父亲，刘别生的妻子与儿子，多次来到烈士牺牲地新登，帮助当地发展经济，以感谢曾经为新四军提供帮助的老百姓，替刘别生还愿。2000年4月24日，《杭州日报》刊登了一篇名为《一个新四军后代的"新登"情结》的文章，讲述了刘别生妻儿帮助老区人民脱贫的事迹。

5 年后，在 2005 年 5 月，临安有人用一张旧报纸，也就是 2000 年 4 月 24 日出版的那期《杭州日报》，包了半斤新茶，送给了一位当年参加新登战役的新四军老战士徐越。老人展开报纸，突然被报纸上的一篇文章标题吸引，他一下子拿起这张报纸，颤颤巍巍就要出门，连茶叶倒在桌上也不在意。原来，他就是当年埋葬刘别生烈士遗体的当事人。

三、与新四军战友们永远在一起

徐越，浙江临安人。刘别生牺牲后，部队即将转移，为了防止敌人破坏烈士遗体，徐越和几位战士把刘别生的棺木挖出后，连夜抬到他家乡临安的深山老林中安葬，并做了秘密标记。新中国成立后，徐越转业在北方工作，直到退休后才回到家乡。

看到这篇报道，徐越老人又激动，又愧疚，责怪自己没有早一点将这件事告诉"方司令"的家人，于是他不顾年迈多病，几经辗转联系到了刘新。刘新听后更是十分激动，立即起身赶往临安，请临安市民政局的同志为徐越老人做了笔录和录像，又请他带领找到了墓地。为慎重起见，民政部门还专门请刑侦专家到临安深山中的墓地，取出了全部遗骸作现场分析鉴定。而后，复旦大学遗传研究所对刘新带回的遗骸样本进行了科学检测，得出的结果与刘别生牺牲时的年龄、身高等主要特征一致，并与刘新的DNA同源。

找到了，终于找到了！他就是英雄团长刘别生！

60多年过去了，英雄团长刘别生终于魂归故里，与家人团聚。但妻子苏迪已于1996年底在上海去世，无法亲眼见到丈夫的遗骸归来。刘别生长子刘新经过慎重考虑，决定不再惊动已经迁至上海革命烈士陵园刘别生烈士墓中的无名烈士遗骸，将父亲的忠骨庄严地安葬在新登镇塔山烈士陵园内，让他和牺牲的新四军战友们永远在一起。次年，徐越老人也了却心愿，在青山绿水的家乡临安安然离世。

（长兴县文学艺术界联合会供稿，原作者田家村，晓路改编）

朱洪山

《地下之火》永不熄灭

1945 年 11 月，新四军北撤后，留守浙东山区的朱洪山写下了一首快板诗："深山密林小'公馆'，金毯铺顶金条围四边。不动椅子自动桌，滑轮眠床沙发垫。长年不断自来水，烧饭做菜不冒烟。不是无聊享清福，只为革命做'神仙'。"

这是朱洪山在艰苦的山区坚持斗争的真实写照。他短暂的一生，光明磊落、两袖清风。

朱洪山（1917—1946），浙江慈溪人。1937 年加入中国共产党，先后任鄞县办事处主任、新四军浙东留守处副主任、鄞慈县特派员等职。1946 年 12 月 31 日，朱洪山牺牲，年仅 29 岁。

一、从爱国青年到"赤脚"县长

1917 年 8 月 9 日，朱洪山出生于慈溪县庄桥更楼村（今属宁波市江北区）。由于家庭贫困，11 岁时，他被寄养到上海的叔父家。朱洪山在上海一所学校半工半读，求学过程中，他结识了一些进步教师和朋友，如当时在澄贤小学任教的竺扬（后任中共宁波特委委员、鄞县中心县委书记）。1935 年，朱洪山回到鄞县南乡小学教书，深受革命思想影响，积极宣传抗日救国。

抗战爆发后，成千上万的爱国青年冲破国民党的重重封锁，从四面八方奔向延安。当时的朱洪山热血沸腾，也向往着革命圣地，于是同陈亨炯、王孝丰等爱国青年一起踏上抗日征途。途经武汉，经八路军驻武汉办事处介绍，他们进入山西临汾八路军学兵队学习。

参军后，朱洪山苦练射击、刺杀和投弹本领，练就一手好枪法，被评为学兵队的优等生。1937 年 12 月，朱洪山加入中国共产党，正式从一个有抗日热情的青年，成长为自觉的革命战士。

1938 年 3 月，朱洪山被派回浙江工作。先在丽水松阳县做抗日宣传工作，后任中共慈溪县工委委员。到慈溪后，他多次以县民教馆、慈北战时服务大队、县政府兵役科等处的公开职务为掩护，发动和组织群众开展抗日救亡工作。1941 年 10 月，中共宁属特委根据抗战形势需要，调朱洪山去定海工作。这时，他改名朱树春，在党领导的自卫大队任副大队长兼指导员，从事武装活动。1942 年 10 月，他又被调回四明山，在鄞慈地区工作。1944 年 5 月，朱洪山任鄞慈县办事处主任，积极开展抗日民族统战工作。

1945 年春，朱洪山根据党中央关于发动大生产运动的指示，在鄞慈地区开展"二分红"运动，号召每个劳动力多垦种二分地。他到慈南山区动员群众，并带头在芝林、孔岙一带参加劳动。朱洪山赤着脚同山农群众一起开荒垦地，挑水担肥，样样干在前头，使"二分红"大生产运动在全县轰轰烈烈开展。当地群众备受感动，望着他的背影激动地说："天底下怎么会有这样好的县长啊！"

二、在"黑云压城"时点亮《地下之火》

1945 年 6 月，朱洪山奉调至嵊（县）新（昌）奉（化）地区工作，任地区办事处主任。同年 7 月，调任新四军浙东游击纵队后勤部副部长。

1945 年 8 月，抗战胜利。党中央为顾全大局，主动提出撤离浙东等 8 个南方抗日根据地。9 月底，浙东区党委决定，新四军浙东游击纵队北撤后成立留守处，朱洪山被任命为留守处副主任。他挑起重担，开展精简机构、疏散人员、埋藏物资、收回抗币等工作。有一次，他对留守处的黄明和杨根石说："根据目前形势的发展，我们留守处人员要有思想准备，我们要破釜沉舟，义无反顾，要有同生死共患难的决心。"

1945 年 10 月 10 日，国共双方签署了《政府与中共代表会谈纪要》。但就在这时，曾被我军打得落荒而逃的汉奸田岫山，又被国民党封为"剿共"司令，进驻梁弄；原伪 10 师则打着国民党军队旗号，重新占领鄞西一带；国民党98军123师也抢占了余姚。这些反动武装互相勾结，准备大举"围剿"四明山。

在"黑云压城"之际，为解决后方医院伤员撤退问题，朱洪山与中共四明地区特派员刘清扬等人经研究决定，派后方医院政委黄明去宁波前进指挥部谈判。临行前，朱洪山心情沉重地对黄明说："我们要努力争取最好的前途，争取我们公开留守和伤病员合法撤离的权利。但也要做最坏的准备，谈判不成就有被扣留、坐牢、甚至杀头的危险。"不久后，传来黄明和部分伤员被国民党反动派扣押的消息，朱洪山心如刀割。在这之后，他根据党的指示，转入秘密斗争。

1945年11月，国民党军队兵分多路向四明山区疯狂发动"围剿"，坚守在四明山的同志采取"留得青山在，不怕没柴烧"的方针，隐蔽在艰苦的山区坚持斗争。朱洪山选中了群众基础较好、地方党员较多的孔岙作为立足点，同当地党员林山一起，在比较隐蔽的芦鸡岙，用竹木柴搭了一间茅舍，戏称为"公馆"。在这段时间里，朱洪山经常写日记。有一次，林山问他："朱部长，你在写什么？"他回答："我在写日记，将来写本书，好给大家看看反动派是怎样反共反人民的，我们党是怎样领导人民群众进行斗争的。"林山又问："书名呢？""叫《地下之火》好不好？"周围的人齐声说："好！好！好！"

在新的斗争环境里，朱洪山动员大家学政治、学文化、学摔跤等等。敌人的"清乡""扫荡",使那些土顽、地头蛇也嚣张起来,不断威胁群众,打听朱洪山的行踪。朱洪山一面对土顽们进行警告,一面到各村宣传抗日胜利后的形势,揭露反动派的反动面目,号召群众组织起来,同敌人斗争。随着反"清剿"斗争的胜利,四明山的形势一天天好了起来。

1946年10月,朱洪山任中共鄞慈县特派员,开始新的革命活动。在艰苦的岁月里,朱洪山的爱人徐健也坚持在四明山。她与同志们一起躲柴山、住"公馆",同时担任机关支部工作。后来根据形势发展需要,组织上决定要她转移到上海工作。分别前,朱洪山同她谈了上海的风俗习惯,在上海做秘密工作应该注意的问题,全国解放后建设社会主义的远景……最后朱洪山握着徐健的手坚定地说:"斗争把我们结合在一起,斗争又需要我们分开。将来,斗争又会需要我们在一起。"

三、牺牲在黎明到来之前

徐健走后,朱洪山根据上级党组织关于"要跳跃性地建立红色据点群,积极开展群众工作"的指示,选择群众基础较好的鄞西建立红色据点。12月29日,朱洪山同金声、包纯和一起执行任务,到达鄞西鄮湖乡潘岙村后,暴露了行踪,被特务告密。

12月31日下午,敌人兵分三路包围了潘岙。当时朱洪山正在帮助当地群众劈柴,金声和包纯和在屋内擦枪。朱洪山首先发现敌人，立即鸣枪示警，同时吸引敌人注意力，掩护金声与包纯和迅速撤退。朱洪山坚持向敌人还击，不幸腿部中弹负伤，最终因寡不敌众，壮烈牺牲。残暴的敌人把朱洪山的头颅割下，到陆埠、袁马、梁弄悬挂"示众"，威吓群众。

"天地英雄气，千秋尚凛然。"朱洪山烈士的一生虽然短暂，但他的精神永存。为了纪念他，当地政府将他战斗过的地方命名为"洪山乡"，他教过书的壶潭小学改名为"洪山小学"，在他最早工作过的慈城镇慈湖之畔修建了烈士墓，将他的英名镌刻在四明山革命烈士陵园的石碑上。每当杜鹃花开，柳丝吐翠，朱洪山烈士墓前，人们祭扫、凭吊，缅怀革命先烈，对历史深情回望，向未来坚定出发。

（余姚市革命老区开发建设促进会供稿，原作者杨光，
周晚改编）

一头黄牛

司令员四十一年的心债

熊兆仁，生于 1912 年，福建永定县人。中国人民解放军陆军少将，曾先后荣获三级八一勋章、二级独立自由勋章、一级解放勋章。在长兴战斗期间，新四军苏浙皖边区司令部司令员熊兆仁真情爱民，与长兴人民结下了深厚的情谊。那时，曾发生过这样一个动人故事。

战争年代，时值隆冬，深山林海中大雪纷飞，新四军战士们处境艰苦。在粮食极度短缺的情况下，新四军无奈食用无主黄牛，并承诺找到牛主人后加倍偿还。虽然历经 41 年仍未能找到黄牛主人，但熊兆仁依然坚持不懈、四处寻找，只为兑现当年的承诺，了却这个心债。

一、新四军饥肠辘辘坚守根据地

1945 年冬天，新四军苏浙军区奉命北撤，受上级指示，熊兆仁留了下来。中共苏浙区委决定成立中共苏浙皖特委，建立苏浙皖边区司令部，熊兆仁任司令员，陈立平任政委，倪南山任参谋长。包括边区特委机关在内，整个苏浙皖边留守人员达 1000 人。

边区司令部的主要任务就是打击土匪和阻挡国民党顽军，以保卫苏浙皖边区的党组织和群众利益。但是，新四军苏浙军区主力部队刚撤走，土匪头子章鸣皋就带着土匪下山，专门搜捕留下的干部、战士和为抗日民主政府工作过的人员及家属。不久，国民党 145 师、146 师、新 7 师也很快从江西开来，配合"忠救军"（抗战时期国民党军统局领导的特务游击武装）、保安团（地方保安武装）、还乡团（由逃亡地主、土豪恶霸、土匪强盗、汉奸和国民党特务组成），大肆搜捕中共党员和抗日干部。面对重重困难和危险，留守部队势单力薄，却仍顽强坚守。

留守工作困难重重，在应对敌人围攻的同时，还要解决物资短缺问题。原后勤生产单位北撤，留守战士只能自己解决生活保障难题。当地老百姓食不果腹，虽然想帮助新四军，但有心无力。没有粮食，战士们不但没有战斗力，连活下去都成问题。为此，熊司令忧心忡忡。

熊兆仁率主力营由宜兴张渚向郎溪长乐转移时，遭到敌 146 师拦击，很多战士因长期饥饿，体力不支，牺牲在路上。翌日到达广德毕沟又遇敌合围，突围后再遭敌袭击，部队大大减员，装备损失惨重。熊兆仁决定将部队一分为四，分散突围。几经转战，他率领 1 个排和 3 个分队最终突出重围，留下一连在原地坚持斗争，其余部队转至长兴、广德交界地带行动。

1945 年 12 月，大雪纷飞，留守的新四军战士因缺少粮食、药品和御寒的衣物，处境越发艰难。很多战士因营养不良，身体浮肿，还有一些战士患上夜盲症。境况如此困苦，一些战士提议下山向老百姓借粮。

熊兆仁语重心长地说："以前我们没吃的，长兴的老百姓宁可自己挨饿，也要把粮食送给我们。在今天这种情况下，我们如果还去打扰他们，万一被敌人发现了，他们该怎么办？就凭我们这些人，这些枪，能与敌人硬碰硬吗？再说，就算我们借到了粮食，老百姓自己吃什么？我们又如何对得起长兴的父老乡亲！"

熊兆仁的话令人动容，几个提议借粮的战士听后都非常惭愧，表示宁愿挨饿也不能下山找老百姓借粮食。

二、无主黄牛引起热烈争论

长兴县煤山镇的老百姓自古就有放养黄牛的传统。当地民风纯朴，把黄牛放在山上，主人不用担心牛会不见。到了第二年，说不定放养的母牛还会带一头小牛回来。

这天，一位侦察兵匆匆忙忙回来报告说，他在前山山沟里发现了一头没人看管的黄牛。担心敌人把黄牛牵走宰杀，他便四处寻找放牛人，但转了几圈，也没有看到人影，便跑回来问熊司令怎么办。

战乱时期，当地养牛的人家很少；有养牛的，也整天人不离牛，害怕日伪军把牛抢走。如果有日伪军来扫荡，养牛的人家会早早将牛赶到山上躲藏。这头牛怎么会出现在山沟里无人看管？

他马上召集党员和班长以上骨干开会讨论。会上，熊兆仁让大家发表自己的意见。

一位党员提议："既然是没有主人的牛，与其让敌人把牛牵走，还不如我们把牛牵来宰杀，给战士们补充一点营养。"

汤连长马上批评了这个党员："你难道忘记了我们新四军'不拿群众的一针一线'吗？"

这么一来，会议才刚开始，就陷入了沉默。熊兆仁看看大家，说："没事，今天的会也算是民主生活会，大家有意见可以继续提出。"

这时，老班长吴汉成说道："我来说两句，说得不对请大家批评。今天如果我们把老百姓家的牛牵来宰了，肯定是违反纪律的。但我认为现在是特殊情况，特殊情况要特殊对待。要活命，首先要有吃的，活下去才能与敌人战斗，不然命都没了，革命也就成了一句空话，保护老百姓更加是一句空话。当然，新四军的纪律我们也不能忘，今天如果吃了老百姓家的牛，等我们把敌人打败了，定要加倍偿还给老百姓。"

老班长说完，大部分党员都连连点头，表示赞同。

是啊！熊兆仁思来想去，觉得吴汉成的话有道理，只有保存部队的有生力量，才能与敌人斗争，才能保护老百姓。于是，他让大家举手表决，赞成吴汉成同志意见就举手。

一开始，有一大半同志举手，还有几位同志看看大家，也慢慢举起了手。最后，只有汤连长没有举手，他低着头说："我保留意见，我不吃牛肉。"

熊司令决定采纳大多数同志意见，把这头牛牵来杀给大家充饥。他说道："同志们，今天我们是万不得已违反了群众纪律。但是请大家一定要记住，等到打倒了国民党反动派，我们活着的人一定要加倍偿还这家养牛的老乡。"

三、把珍贵的黄牛汤留给战士

这顿牛肉对于饥寒交迫的新四军战士来说，真是雪中送炭。战士们把大部分牛肉、牛骨堆在一起，用雪埋起来保存，这样就可以吃上一段时间了。再取了一部分牛肉、内脏、骨头、牛皮等，放上生姜、辣椒，用大锅熬成牛肉杂碎汤喝，顿时感到浑身暖和，精神焕发。

警卫员端来一大碗牛肉汤给熊兆仁，熊兆仁用筷子一拨，看到汤下面有整块牛肉、牛筋，又看看其他同志的碗，马上板起脸说道："凭什么我碗里的肉要比其他同志碗里的多？倒回去，给患病的战士多吃一些。牛肝对眼睛好，牛肝要全部留给患夜盲症的战士吃。另外，给汤连长端一碗过去，对他说，身体是革命的本钱，请他一定要喝，这是命令。"

在熊兆仁的指示下，那段时间，伤病的战士每天都能吃到一些牛肉、牛肝，体力恢复很快，视力也逐渐恢复正常。

熊兆仁带领战士渡过难关后，继续活跃在苏浙皖边界地区，扩大队伍，支援华中地区游击战争，有力地配合了解放大军渡江作战。

四、熊司令牵挂 41 年的心债

在 41 年后，也就是 1986 年 7 月，长兴县委党史办公室收到原嘉兴军分区副司令员肖洛同志的一封信。信中说：解放战争时期曾留守苏浙皖边区，后担任福州军区副司令员的熊兆仁同志前段时间见到我时，心情沉重地告诉我，自己还欠着一头牛的债，对不起长兴人民。他说长兴的同志一直说找不到牛的主人，还是请帮我转告长兴县委党史办的同志，请他们无论如何也要帮忙再找一找，我一定要加倍偿还……

时隔 41 年，这位共产党干部心里依然放不下这头牛。当地群众听说此事后激动地说："共产党领导的新四军真不愧是人民的子弟兵！"他们就是鲁迅笔下那俯首为民的孺子牛，默默无闻地合着春天的脚步翻开一片片冻土，为人民播下幸福和希望！

（长兴县革命老区开发建设促进会、文学艺术界联合会供稿，

原作者田家村，晓路改编）

潘香凤

青田万山村的"刘胡兰"

相信大家都非常熟悉刘胡兰烈士。1947 年 1 月 12 日，山西省文水县 15 岁的刘胡兰为革命事业，在国民党反动派面前宁死不屈，英勇就义。毛泽东主席闻讯，专门为刘胡兰题词："生的伟大，死的光荣。"她的英雄事迹被收录在小学课本中，家喻户晓、无人不知。刘胡兰的革命精神，激励着千千万万后来人，为革命事业不畏艰难、前赴后继。

这就是一个发生在浙西南山区的"刘胡兰"式的英雄故事——年轻的女共产党员潘香凤，用她 22 岁的生命谱写了一段悲壮的革命史诗。

一、从农家女孩到革命战士

在刘胡兰牺牲一年后，地处东南地区的浙江青田，22 岁的年轻共产党员潘香凤，紧紧追随革命同志的足迹，用短暂的青春，以刘胡兰式的大无畏革命精神，谱写了一首可歌可泣的革命诗篇，再次激励更多人投身革

潘香凤烈士状

命事业。

　　潘香凤，1926年3月26日出生于青田县万山村，是一位普通农家女孩。她从小生活在偏僻的大山区，生活虽然艰苦，但与家人在一起，再难的日子也能熬过去。1936年，在潘香凤刚满10岁时，浙西南大地上发生了一场残酷的瘟疫，处在深山之中的万山村也未能逃过这场劫难，凶猛的瘟疫残忍地夺走了潘香凤五位亲人的生命，她一下子就失去了至亲庇护。生活的重担无情地压在潘香凤稚嫩的肩膀上，从此她既要承担家务，又要干起农活，还要照顾两岁的弟弟，生活变得分外艰

241

苦。"穷人的孩子早当家",苦难的生活也造就了她成熟的性格。

浙西南一直是红军根据地,在家乡的红色摇篮里,潘香凤从小就受到党的教育和关怀。她勤奋好学、聪明智慧,不仅写得一手好字,还学到很多深刻的革命道理。她很早就参加了儿童团,因自我要求严格,办事干练,被破格吸收进了妇女会,成为妇女会骨干。她还冲破乡村传统陈规陋习,反对女性裹小脚,带头学犁田、插秧等繁重农活。因为劳动表现出色,她成为妇女追求自由新生活的典型代表。

1944 年 5 月,潘香凤光荣地加入中国共产党,成为万山村一位优秀的地下交通员。1946 年,她又兼任游击队侦察员,为了完成组织交办的任务,潘香凤经常以学生、村姑、小贩等身份闯过敌人设置的重重关卡,足迹遍及瓯江南北及括苍山麓,被人们誉为"常胜的女交通"。有一次,潘香凤接到区委重要任务,要求将一封密信紧急送到温州城区。她胆大心细,将密信缝进鞋帮,化装为进城收购旧衣物的小贩,孤身一人奔走 100 多里山路,闯过敌人哨卡的层层盘查,费尽周折,顺利完成任务。还有一次,江北区委收到敌人要"围剿"江南游击队并对江北地区实行全面封锁的情报,情况十分紧急、万分危险。潘香凤主动请缨,先将情报内容熟记于心,再把密信压缩成蚕豆大小藏入嘴里,力求随机应变。国民党反动派在渡口设卡盘查,潘香凤利用混乱的人群，挤到了一艘从南岸过江刚停靠的渡船旁边。在敌兵盘查潘香凤时，她自称从江南坐船过来，要去江北乡下探望病重的亲戚，敌人为封锁消息勒令所有人坐船返回江南。于是，潘香凤巧妙过江，顺利送出情报，使江南游击队能够迅速撤离，从而使党的武装力量避免受到重大损失，为保存革命力量立下了功劳。潘香凤在党组织的关心培养下，通过艰苦的斗争实践，很快从一位普通农家女孩成为一名机智勇敢的革命战士。

二、从挺身而出到英勇牺牲

1947 年农历十一月下旬，国民党浙保四团数百人向万山村围袭。敌人进村后到处抓人，潘香凤的父亲潘进益等上百人被逮捕，潘香凤被特务叶正亚认出，落入敌人魔掌。潘香凤和父亲潘进益等 12 人被敌人关押在峰山村地主家的牛栏里，为了保护大家，当夜潘香凤对大家说："到了明天敌人审问时，你们就说'要问潘香凤，她是共产党员'。"

第二天，潘香凤为保护乡亲们，面对敌人主动挺身而出，大声说道："我是共产党员，把这些村民老人统统放回家吧！"敌人为了能从潘香凤嘴里得到他们想要的情报，便将潘进益等 6 人释放，将潘香凤押解到永嘉县碧莲区区署审讯，对她进行了百般折磨和残酷拷打，企图获得有用的信息。敌人先是威逼利诱，见没有效果又用各种残酷手段折磨她。不论是坐老虎凳，还是使用老虎钳拔指甲、烙铁戳胸等酷刑，她都只有一个坚定的回答："不招，要我招出来比登天还难！"潘香凤被敌人折磨得死去活来、遍体鳞伤，但她始终没有透露半点党的机密。

敌人见从潘香凤身上得不到任何消息和情报，气急败坏，决定处死潘香凤。1948年1月13日，面对死亡，信念坚定的潘香凤从容地吃了早饭，而后被敌人押往永嘉县碧莲池畔白岸刑场。她昂首挺胸，大义凛然地走过碧莲街头，不断向道路两旁的群众呼喊："乡亲们，跟着共产党走，好日子就要到来了！"当日，潘香凤高喊着"中国共产党万岁""中国人民万岁"英勇就义，时年22岁。

潘香凤用年轻的生命，践行了共产党人不忘初心、坚定信念、坚守理想、不畏牺牲，为共产主义事业奋斗终身的誓言；她也如无数革命先烈一般，为中华民族的伟大复兴前赴后继、甘洒热血、鞠躬尽瘁、死而后已，谱写了一曲视死如归、拼搏牺牲的壮丽凯歌。

（青田县革命老区开发建设促进会供稿，晓路改编）

断肠草

刘大娘大义灭亲除内奸

断肠草，断肠草，柔肠节节断……

党群情，干群情，情感纽带紧相连。

断肠草，学名雷公藤，野生藤本植物，茎高三四米，叶互生，花小色白，根、茎、叶剧毒。根煎成汤，每天喝半汤匙，可治风痛病。但此汤切切不可多喝，更不可与荤菜一起食用，否则就会使人命归黄泉。

20世纪40年代，浙江省泰顺县秀涧乡百步峻的一户人家，就因断肠草而引出一个催人泪下的故事。

一、秘设交通站

秀涧乡百步峻，东面与高山相连，其他三面都是万丈深渊，比黄山的百步云梯还险峻。这里有一座小平屋，掩映在密林茂竹之中。屋旁的山地里生长着一大丛断肠草，小屋里住着一位大娘，人们只知她姓刘。刘大娘年幼时，因被财主逼债，走投无路，跟随父亲从瑞安县五十五都（今文成珊溪一带）来到泰顺县峰文乡的荒山僻野，孤门独户，靠开荒种植山地作物为生。不久，刘父因病去世，年幼的刘大娘成了周家的养女。长大后，周家又招沐峰村何自佃入赘。婚后不久，刘大娘生下一个男婴，取名周尔和，万般宠爱。

1935 年 11 月深夜，风雨交加，刘大娘和丈夫何自佃同往常一样顶门关窗，早早上床睡觉。忽然，他俩被门外的异常响动惊醒，发现门檐下站着一个瑟瑟发抖的男人，说自己是收购山货的商人，请求进门避雨过夜。不料，第二天他却因双脚患了风痛病，走不了路。刘大娘想起祖传单方断肠草可以治风痛病，每天给他熬汤口服半汤匙。过了一个多月，这位客人果然能走路了。

经过一个多月的朝夕相处，他们日渐熟悉，时常攀谈家常。商人知道刘大娘夫妇是贫穷人家，而刘大娘夫妇也了解到，这个收山货的商人其实是闽东鼎平县委派来泰顺开展工作的地下党员，名叫周钦民。

从此，百步峻小平屋成了福鼎、平阳、泰顺三县的总交通站，是闽浙边区党组织领导人的落脚点。土地革命时期的周钦民等同志和抗日战争时期浙闽边区党的领导人郑丹甫、王明扬等一批同志常来常往。何自佃成为一个出色的地下党交通员，刘大娘也成了共产党百步峻落脚点的内当家。

二、丈夫突被捕

这百步峻的小平屋，凭着自然区位优势和刘大娘的机智，经历十余年的风风雨雨，一直屹立在密林的山湾里，掩护着革命活动。可是到了1946年5月5日，却发生了一件出乎意料的大事。躲在秀涧乡下村蛟池林厝的何自佃，被国民党泰顺县保警队分队方镕带兵搜查出来，抓走了。

刘大娘百思不得其解，却又找不着头绪。她提着竹篮子，急忙下山到古洞坑，找到了浙闽边区联络员陈辉。和陈辉深入分析后，觉得肯定是内部出了奸细，可又不知道是谁，便决定暂时停止交通站的日常工作。

刘大娘回家后，发现儿子又去看大戏了。天地间一片漆黑，夜晚的小平屋寂静得吓人。大娘躺在床上，怎么也睡不着，突然听到"笃笃笃、笃笃"三长二短的敲门声——这是交通员联络的暗号。大娘点了灯，打开门一看，原来是双溪口村的地下党交通员，说要直接找陈辉。他的要求令刘大娘顿生疑窦，交通站是单线联系的，刘大娘直接拒绝了他。

不一会儿，儿子周尔和哼着大戏调子"那吕布见了貂蝉，两眼……"满身酒气，醉醺醺地回来了。刘大娘不禁皱了皱眉头，儿子20多岁了，整日里游手好闲，不干农活，就喜欢往镇子里人多的地方挤，吃喝玩乐。自己平日里忙农活，忙交通站的事，也说过他很多次，可都被他当成了耳边风。这一次，刘大娘忍不住，就说道："你再不要吃喝玩乐，地里的活半点没干过，这么大的人，也该懂事了！"

"妈，我懂事啦！我现在才明白，有钱人真好哩，吃得好穿得好，还有戏娘子陪着玩，真痛快。你那一套都是空的，什么为了将来过好日子。眼前弄点钱爽快爽快，才是实打实。"儿子回答。

天哪，儿子怎么会有这种念头？刘大娘又气又恨，恨不得一巴掌打过去。但向来疼爱儿子的她还是没舍得出手。

"妈，那些人什么时候到我家来？"

"什么人？"

"当然是那些共产党的大官呗。"

"干什么？"

"妈，你年纪大了，苦了半辈子，还是弄点钱来，好好享福。"

"怎么弄钱？"

"峰文乡不是贴着告示么？密报共产党奖大洋50元，密报当官的还奖得更多。"

"你！你怎么……"刘大娘气得差点晕倒。

三、内奸露真相

清明节的清晨，在罗阳城外跑马坪南边的坟堆旁，刘大娘看着丈夫无比凄惨的死状，放声痛哭。

原来，关押在罗阳监狱的何自佃被敌人活活折磨死了。狱卒用草席把他的尸体一卷，草草地扔在这死人窟里。噩耗传来，刘大娘雇人抬着棺材，前来收尸。可是独生子周尔和却没有一起前来。

过了几天，双溪口村的地下党交通员又来找刘大娘，面对着她，吞吞吐吐，欲言又止。最后，交通员告诉了刘大娘一件事：

周尔和常和乡保长、县保警队的人混在一起赌博、嫖女人、吃喝玩乐。昨天，周尔和又跟他们在一起赌博。开始他们故意让周尔和赢，后来等他输惨了，就逼着周尔和用出卖同志的赏钱来还赌账！

刘大娘一听，差点昏厥过去。她早该料到这一点，她一直认为儿子只是贪玩，那些话只是说说而已。她告别交通员，连忙赶到古洞坑，找到了陈辉，请他处理周尔和。

陈辉的心头像压着大石块一样沉重，对刘大娘说："你儿子的事，组织上也从敌人内部了解到了，周尔和已投靠国民党反动派，出卖你丈夫的不是别人，正是你的亲儿子。"

刘大娘听后，只觉天昏地暗，晕倒在地。同志们忙上去扶起她，呼喊着："大娘！大娘！"陈辉用手指狠狠地掐她的人中。刘大娘苏醒过来，第一句话就说："请你们杀了他！杀了他！"

"大娘，他是你家的独生子，我们怎么下得了手呢？"陈辉为难地说。

四、断肠除逆子

刘大娘趔趄地回到家。她已气得脸涨青筋，眼冒火星。一见到周尔和，便发疯似的扭住他，劈头就是几巴掌，嘴里直骂："你这个畜生，良心被狗吃了！"

周尔和见事情已败露，反倒不害怕了，也不隐瞒，顶嘴道："妈，良心值几个钱？谁叫爸爸顽固，供出共产党不就没事了。"

"呸！"刘大娘拿起一条扁担，朝他打了过去。年轻人毕竟灵活些，头一歪，躲了过去，转身逃出门外。大娘老了，腿脚不听使唤，一时追不上这个逆子。"站住，你给我站住！"刘大娘喊道。

周尔和转过身，狡黠地说："老人精，你不帮我，我自己干，去峰文乡报告。我一直跟在你们后面盯梢，县委机关在哪里，我已知道了，那里还有大人物呢！"

刘大娘一听，心下焦急万分，忙喊道："尔和，你别走，快回来！妈想通了，明早和你一道去报告。"

周尔和眼看夕阳已快落山，从这里到峰文有几十里山路，要去也来不及了。见母亲回心转意，他就慢吞吞地回家了。

"妈，跟老虎吃肉，随马儿吃草。投靠国民党县政府，我还有个小官当哩！他们许我事成后，不但有赏，还给个乡长当。县府秘书张松年还介绍罗阳财主潘家的小姐，给我做老婆哩。那潘小姐我见过，比貂蝉还好看，那送来的眼神，把我的灵魂也勾去了。到那时你也可享福啦！"

"尔和，妈知道的共产党的事可多呢。咱们好好商量，要抓他一大批，好不好？现在天黑了，不好上路，明天一早我俩一起去峰文。"

当晚，刘大娘杀了一只家养的兔子，炖了五香红烧兔子肉，香喷喷的，还烫了一壶酒，说："尔和，这几天倒春寒，冷，吃点兔肉补补身子，明天好有力气上路。"

周尔和早已饥肠辘辘，一闻到兔肉香，急忙狼吞虎咽地吃起来。刘大娘坐在灶台边，盯着灶膛里的火苗，忽明忽暗，想说点什么，却欲言又止，眼泪扑簌簌地直往下掉。

突然，周尔和觉得肚子有点不对劲。"哎哟，痛死我了……"他还未喊完，便口吐白沫，捂着肚子在地上打起滚来。

原来，刘大娘把周尔和叫回来之后，内心反复琢磨："这畜生，吃喝嫖赌，害了亲爸还不悔改，真是不可救药。请陈辉同志处决他，又不同意。叫人犯难，还不如自己……"可是，刘大娘一想到周尔和是自己身上掉下来的肉，周家三代的一根独苗，心肠又软了下来，虎毒不食子啊！忽然间，她眼前浮现出丈夫凄惨的死状。儿子还想再出卖县委领导领赏，这狼心狗肺般的人，还留着干啥？留着他，岂不灭了泰顺的革命火种？

于是，她去小平屋附近采了断肠草煎成汤，混在五香兔肉里，让儿子连汤带肉吃了下去。在地上痛得打滚的儿子已奄奄一息了，刘大娘扑了过去，抱住他失声痛哭，肝肠寸断，却又说不出一句话来。

70多年前的这段革命故事已成为历史，刘大娘也长眠于山中，唯有断肠草一岁一枯荣，在浙南深山中生生不息。风吹草动时，仿佛在吟诵一首歌谣：

> 断肠草，
> 断肠草，
> 柔肠节节断……
> 革命火种永不断！

（泰顺县革命老区开发建设促进会供稿，原作者徐振权、
夏齐进，张娟群改编）

洪汝兰

为营救战友纵身跃入飞云江

平阳县龙尾乡吴小垟村是平阳西部群山环抱中的一个小山村，地处平阳、瑞安、文成三县交界处，是革命时期中共平阳党组织活动的重要据点。洪汝兰（1917—1947），别名小洪，就出生于这个小山村的普通农民家庭。小洪读过几年私塾，从小受到周围革命环境的熏陶，经常为地下党站岗放哨，传递情报，成为党的小小交通员。他的家也经常用于地下党同志开会住宿，是革命联络点。

一、活学活用，善用游击战术

19岁的洪汝兰认识到，只有共产党才能救中国。1936年春，他正式投身革命队伍。同年10月，由共产党员郑海啸、吴可邦介绍加入中国共产党。1938年秋，洪汝兰在皖南新四军教导队学习，多次聆听周恩来、叶挺的报告，大大提高了政治思想水平和领导能力。1939年7月，洪汝兰结业后回平阳，历任中共平安区委副书记、武工队指导员，小南区委书记，平阳县委巡视员、组织部部长等。

1941年6月，国民党顽固派分兵三路，疯狂"围剿"中共浙江省委、浙南特委和平阳县委机关的驻地吴小垟，党员群众被捕30多人，被害8人。在县委直接领导下，洪汝兰带领一支10多人的武工队，对敌人展开了灵活的游击战，充分实践了毛泽东同志"敌进我退、敌驻我扰、敌疲我打、敌退我追"的十六字游击战术。敌人在山上"清乡"，他就到平原抓反动乡长、保长；敌人分散进攻，他就集中兵力对付小股敌人；敌人下山，他又到山上去捉"地头蛇"。灵活的战术使敌人精疲力尽、晕头转向。小小一支武工队，却牵制住了敌人的大批兵力。敌人抓不到游击队和地下党员，恼羞成怒，就把洪汝兰的房屋烧掉，并将他的兄弟妻儿逮捕入狱。敌人的凶狠残酷，更激发了他的阶级仇恨，坚定了他革命到底的信念。在艰难环境中，他鼓舞同志们说："革命斗争就像风车扇米，留下来的才是好米。"

二、关心同志，善于群众工作

1942年4月，吴可邦牺牲，洪汝兰继任县委组织部部长，领导整风运动。1944年春，他被委派到鳌江以南地区，帮助党组织处理"大刀会"事件中被反动派张韶舞（时任平阳县县长）残杀的群众家属善后工作。1945年，洪汝兰兼任小南区委书记。小南区西起蔡垟，东到西湾，在洪汝兰苦心经营下，成为党的革命根据地之一。他深入鳌江镇和平阳城开展统战工作，接收10多名知识青年入党，恢复了鳌江党支部。洪汝兰不怕艰苦，爱护群众，关心同志，公私分明，获得同志们的一致赞扬。他自己患有严重的风湿病，却置之度外，而将同志们的病痛时刻放在心上。有位同志的腹部被火烫伤溃烂，因当时药品十分稀缺，一直得不到有效治疗。洪汝兰千方百计弄到一瓶"914"药膏给他，他涂上后很快就痊愈了。

三、掩护战友，开枪暴露自己

1947年初，国民党决定将墨城、河口两乡合并建立杨屿乡。在选举乡民代表及乡长时，洪汝兰分析实际情况，提出对策，推举地下党员余昌仁参加竞选，果然获得多数票，成功掌握乡政权。

7月，他接受组织的派遣，不顾个人安危，到福建厦门运回一部电台，乘海船返回鳌江，把机器放在进步人士白正东家里，便匆匆返回县委机关。接着，他又代表县委到景宁东坑，向特委书记龙跃汇报工作。工作完成以后，他从特委机关带回一批党的机密文件，并和一位地方同志配合护送苏尔启、黄庆来两位新同志到平阳工作。在两天半的长途行军中，洪汝兰像兄长一样关心和照顾两位新同志。

第三天下午突然下了大暴雨，为了当天赶回县委驻地，几人急匆匆地走了大路。地方同志胡志棉扮作村民，挑了一担行李走在最前面；苏、黄两人装扮成赶路人，走在中间；而洪汝兰走在最后，照看着前面的3位同志。他们前后各拉开20多米距离，这样既可以避免引人注目，又可以互相照顾。来到瑞安湖石渡口村时，村口突然走出8个便衣特务，大声喝问着，说要检查胡志棉的行李。

由于叛徒出卖，敌人其实早有预谋。他们让一人看住胡志棉，其余7人则气势汹汹地走向后面的3人。苏、黄两位新同志一看情况不妙，赶忙向山上跑去。洪汝兰在最后，本可以第一个跑到山上去，可他想起了曾经的入党誓词，想起了特委书记的嘱托。为了掩护同志，他果断地掏出手枪，向敌人连续开枪射击，吸引敌人的注意力，一边朝其他3位同志高喊："快跑！你们快跑！"一边跑向反方向，把敌人引向飞云江边。枪响后，胡志棉一下子回过神来，甩开敌人迅速地跑向山上。

四、保护文件，纵身于飞云江

8个特务一看洪汝兰开枪了，就全部掏出短枪朝他射击，并逐步缩小包围圈，喊话要活捉共产党领赏。洪汝兰边跑边开枪，敌众我寡，不幸脚上中了一枪，鲜血直流。他瘸着脚，跑到飞云江边，就再也跑不动了。突然，洪汝兰发现手枪里没子弹了。他看了看已经跑入山林的 3 位同志，安全了；看了看越逼越近的 8 个特务，虎视眈眈；又转头看了看刚刚下过暴雨的飞云江，江流湍急，水声轰隆隆。

江水浑浊，裹挟着泥沙树枝奔涌而下……

洪汝兰想起藏在胸前的机密文件，用一只手紧紧地捂着胸口，拖着受伤的脚，猛地纵身跳入了湍急的飞云江。敌人一看原本"到手"的共产党员居然跳江了，一个个气急败坏，可又不敢跳江去抓，只好愤怒又无奈地向江中连续开枪。洪汝兰在江中又身中数弹，鲜血染红了江水，壮烈牺牲。

洪汝兰为保护同志英勇牺牲的消息，迅速传遍了飞云江南北，在社会上引起强烈的震动。大家都为洪汝兰舍身救人、英勇无畏的事迹所感动。

诗人侯百朋曾在飞云江畔烈士遇难的地方，挥泪凭吊洪汝兰。诗曰：

> 飞云江滔滔流不断，
> 江岸上亮起长明灯一盏；
> 红灯象征着红色交通员，
> 千秋万世照亮天地间。

（平阳县革命老区开发建设促进会供稿，张娟群改编）

抗日夫妻

用生命捍卫民族尊严

1937年7月，日本侵略者悍然发动了全面侵华战争，北平、天津、上海、南京、杭州先后被日寇侵占，中华民族到了最危急的时候。不愿做亡国奴的中国人民，在毛主席、共产党领导下，进行英勇的抗日救国斗争。10月，国共两党达成协议，将南方八省的红军改编为新四军，新四军成为南方抗日的主力军。

一、抗日夫妻成为领军人物

1938年2月，诸暨境内的共产党人也积极行动起来，成立中共诸暨县工委，杨思一任书记，向国民党县政府开展统战工作，顺应了国共合作的大趋势。6月，诸暨县战时政工队成立，带领全县人民开展轰轰烈烈的抗日救国斗争。在这支政工队里，来自会稽山（今绍兴市东南部）的何志相、盛兆坞（今诸暨市浣东街道）的女同志张雪泉，成为领军人物。

何志相、张雪泉一面宣传抗日救国思想，一面秘密开展共产党的地下活动。在战斗中，他们的革命友谊升华为真挚的爱情，经党组织批准后，结为革命夫妻。1939年，何志相担任中共萧山县委书记，1941年秋，调任中共绍兴县委书记。他与其他9位革命同志在关帝庙内结拜十兄弟，并以十兄弟为基础成立了浙东游击大队，何志相任大队长，转战绍兴、上虞一带，打击日本侵略军。张雪泉不畏艰险，也加入游击大队，与丈夫并肩转战各地。

1942年1月，何志相、张雪泉带领浙东游击大队，连夜攻打孙端镇的汉奸伪军，不料遭到大批日本军队的突然袭击。大队长何志相沉着应战，让一部分战士阻击敌人，他自己指挥大队战士快速撤退。虽然有27名战士牺牲了，但整个大队在他的带领下成功突围转移。

1945年9月，抗日战争胜利，国民党却派遣大批军队来争夺江南。毛主席、党中央命令浙东的新四军主力北撤山东，马青、蒋明达、周芝山、何志相、张雪泉等共产党人奉命留在诸暨，带领人民群众坚持地下斗争。国民党到处捉拿共产党员，但是他们在乡亲们的掩护下，一次次死里逃生，让敌人一次次扑空。1947年1月，何志相带领战士们到会稽山的国民党乡长家里缴枪，同战友们一起开展反抗国民党的武装斗争。

二、丈夫阵亡

1947年6月，国民党浙江省政府把杀人魔王吴万玉调到诸暨，担任会稽山地区绥靖指挥官，血腥镇压共产党的武装力量以及革命群众。1946 年 11 月至 1947 年 5 月，吴万玉担任括苍山绥靖指挥官，曾在当地抓捕共产党员和人民群众 1000 余人，动用各种酷刑，残酷杀害了很多革命志士，使当地的革命力量遭受严重破坏。

吴万玉来到诸暨，在枫桥设立"会稽绥靖指挥部"，调动诸暨、绍兴、嵊县、东阳、义乌、浦江、富阳、萧山八县兵力，疯狂镇压中共武装力量。下令拆毁山庄、寺庙、民房，悬赏捉拿马青、蒋明达、周芝山、何志相、张雪泉等共产党人，又把枫桥的大仙坛改为监狱。特务到处横行，"清乡"队滥捕乱抓，大仙坛监狱关押了 500 多名革命志士，会稽山区八个县笼罩在阴森恐怖之中。

1947 年 7 月，共产党领导诸暨境内铁路两侧的武装队伍，在马青、蒋明达、周芝山带领下，联合成立会稽山抗暴游击大队，同国民党反动派进行顽强的斗争。8 月 1 日，又组建中共路东县委，并设立游击队被服厂，蒋明达担任县委书记，何志相担任县委副书记，张雪泉担任被服厂厂长。

8 月 23 日晚上，何志相在枫桥镇南面深山里的小溪寺召开中共路东县委工作会议，不料被吴万玉派遣的国民党军队包围。何志相掩护战友们向山林紧急突围，混战中不幸中弹。战友们背着他连夜转移，黎明前走到大侣乡袁家村的浦阳东江堤埂上时，发现何志相已经因失血过多牺牲。张雪泉得知这消息，内心非常悲伤，这时候，她刚刚有孕在身。为了革命，她强忍悲痛，夜以继日地工作。

三、妻子被捕

9月21日上午，中共路东县委书记蒋明达召集10多位战友，在大侣湖郦家湾秘密召开会议。大家就如何反击吴万玉的"八县围剿"纷纷提出自己的想法，蒋明达认真听取并记录。房东王芬娟也是个孕妇，她在自己家门口边做针线活，边负责放哨。她留心观察每一个行人，见一个要饭的总在她家门前转悠，时不时地朝楼上张望，侧耳谛听楼上的动静。过了一会儿，那个要饭的就急匆匆地离开郦家湾，向墨城坞方向赶去。王芬娟意识到那人可能是国民党特务，赶紧上楼让大家转移。她与张雪泉一起收拾好桌上的会议记录和地下党员名单，火速下楼，打开后门，准备到屋后小山的竹林里掩埋文件。

这时，大批国民党军队已经从墨城坞冲进郦家湾，大肆搜捕共产党人。蒋明达和参加会议的人在本村群众掩护下，分路突围，绝大部分人都脱险了。张雪泉因怀孕，跑得比较慢，大腿部中弹，被追兵抓住。与此同时，王芬娟刚从竹林里面出来，也被敌人抓住。就这样，张雪泉、王芬娟被国民党押往枫桥镇，关进阴森恐怖的大仙坛监狱。

四、遭受酷刑

因为张雪泉参与了共产党的秘密会议，又是一个孕妇，引起吴万玉的高度重视。这个五短身材、满脸横肉的杀人魔王，决定亲自审讯这个"女犯人"。第二天，吴万玉在牢房内审讯张雪泉。面对狰狞的面目、疯狂的叫喊，张雪泉双目紧闭，躺在地上一声不吭。吴万玉声嘶力竭地叫嚣："你这个土匪婆，我叫你装聋作哑！"说着，命令打手操起碗口粗的木棍，狠命地直捅张雪泉大腿部的伤口，顿时鲜血飞溅。钻心的剧痛，使张雪泉多次昏迷过去，但吴万玉仍一无所获。

"八县围剿"持续四个多月时，大仙坛监狱的"犯人"有增无减，吴万玉的各种酷刑在"犯人"身上轮番动用：老虎凳、炉火烤、灌辣椒水、拔手指甲……

寒冬季节，马青、周芝山经过周密准备，于1947年12月率领抗暴大队，在嵊县开元缴获了国民党军队的大批武器，给吴万玉的"八县围剿"以致命打击。吴万玉恼羞成怒，对大仙坛监狱里的"犯人"进行疯狂的报复，下令斩杀一批共产党人，将人头悬挂在五仙桥上。敌人把张雪泉绑在柱子上，继续逼供。张雪泉坚贞不屈，吴万玉竟下令用十根铁钉钉进她的指甲缝。张雪泉的双手鲜血飞溅，昏死过去。铁窗外的寒风冷雨吹醒了张雪泉，她艰难地爬到铁窗前，望着敌人审讯王芬娟的牢房。

1948年2月，因为王芬娟只是个女房东，得不到有价值的情报，再加上她已经怀孕7个月，吴万玉就将她释放回家。

五、英勇就义

1948年3月8日，正值国际妇女节。这天深夜，大仙坛监狱依然寒气逼人，牢门"哐当"一声打开了，只见一个看守提着灯笼，身后跟着两个彪形大汉。看守高声道："张雪泉，我们要送你回家了！"

张雪泉知道，最后的时刻到了。她理了理蓬乱的头发，整了整褴褛的衣衫，与狱友们握手道别，然后蹒跚却从容地走出牢门，步伐坚定，走向刑场。敌人的枪声响起，年仅30岁的张雪泉，这位英勇的女共产党员，带着未出世的孩子，在山花含苞待放的3月，倒在了黎明来临之前。

1949年11月，中共浙江省委在诸暨市枫桥镇召开纪念何志相、张雪泉烈士追悼大会，有数千民众自发参加。为了缅怀烈士的功绩，大会决定将何志相的家乡命名为"相泉村"，并在该村北坡建立何志相、张雪泉的夫妻合墓，让后人永远铭记这对夫妻双烈。在中共诸暨党史资料中，张雪泉烈士被称为"浙东江姐"。他们的英雄事迹，将永远激励着我们，在勤奋学习、保卫祖国、建设家乡的道路上继续前进！

（诸暨市革命老区开发建设促进会供稿，张娟群改编）

蒋达生

青年学子百折不挠奔赴根据地

抗日战争胜利后，国民党发动全面内战。1947年6月，人民解放军开始全国规模的反攻，广大进步青年纷纷投奔共产党。而国民党反动派也抓紧时间围捕共产党和进步青年，尤其在反动派的"老巢"江浙沪一带，白色恐怖愈演愈烈。

一、从杭州连夜转移

1948年，青年学生蒋达生在杭州浙江医院实习。9月下旬的傍晚，他的上线徐叔乐到医院找他，通知他今夜立即转移去上海。当时，蒋达生已参加浙江大学地下党的外围组织——新民主主义青年社。徐叔乐在学校里比他低一届，他们是单线联系的。蒋达生知道自己已被警方列入黑名单，最近有人在盯他的梢，虽然思想上早有转移到游击区的准备，但也觉得有点突然。徐叔乐告诉他，自己也一起走，可暂住在他上海的姐夫家。

当时，浙江医院是杭州的一所大医院，近期不断地

"出事"，压抑得让人喘不过气来。前不久，护士王秀霞前去四明山途中在杭州城站突然被捕，接着实习医师、王秀霞的同班同学曹蝶芬又突然失踪。

二、暂住警察局宿舍

在深夜的火车上，徐叔乐告诉蒋达生，他们先去上海，再过江到苏北去。到了上海，他们住在黄埔区警察分局宿舍里，徐叔乐的姐夫是警察局的普通职员。那时，上海处在"白色恐怖"之中，国民党反动当局到处疯狂抓人，巨大的红色"飞行堡垒"（警车）和密闭的黑色囚车在市区呼啸着来回，每天从警察分局大门口进进出出。一开始，蒋达生很紧张，不久便司空见惯了，身处"虎窝"反倒有一种安全感。

一天，徐叔乐告诉他，组织上派人来联系，告知长江边上的一个交通站不幸被敌人破坏，如要重建，不知道要等到什么时候。蒋达生很焦急，在上海不仅吃住有经济困难，而且躲在警察分局宿舍里毕竟有风险，要是出了事还可能连累徐叔乐姐夫。

三、偶遇医院女同学

蒋达生决定，和在上海实习的几位女同学商量商量。他到了市立第六医院，凑巧得很，几位女同学都在。更令人惊喜的是，在杭州先他"失踪"的曹蝶芬也在。在逃亡中不期而遇，他们的心情格外激动。从她们

口中得知，同学茅静芳已去浙南乐清参加游击队。她们
邀请蒋达生同去，但蒋达生觉得有些为难，因为组织帮
他逃离虎口，是想护送他北上，而不是南下。最后大家
商量决定，先由她们写信给茅静芳联系后再决定。

由于风声较紧，徐叔乐决定把蒋达生转移到他以前
的同班同学徐省子家。徐省子父亲是个进步的工商业
者，对他并不见外。蒋达生暂住他家，没过几天，徐叔
乐转告他，组织上同意他去浙南，而徐叔乐决定继续在
上海等待机会北上。

蒋达生把这个决定告诉了女同学们。给茅静芳的信
寄出没多久，要等她回信是来不及了，于是他们决定即
日动身南下，但到乐清县芙蓉乡后怎么走，谁也不知
道。正在犯难，蒋达生忽然想起低一届的同学徐顺范曾
经说过，他家就在乐清大园村，属于浙南括苍游击队控
制区。蒋达生马上写信联系了徐顺范。

四、南下乐清大园村

10月下旬，在一个寒冷阴沉的傍晚，徐叔乐把蒋
达生送上去海门（今台州市椒江区）的轮船，转交组织
上给他的路费，并脱下自己身上那件已经掉光毛的旧呢
子大衣给他披上。党的关怀和同志的温暖，激励蒋达生
满怀信心地踏上征程。他还带走了一批药品，一些是上
海女同学们在实习医院病房里收集起来的剩余药品，还
有一些是她们自己花钱买的，这是她们带给党的礼物。

经过一日两夜的颠簸，第三天早上船抵海门。由此转内港轮北行到蒋达生的家乡台州，再乘蚱蜢船南行去大荆镇大园村。傍晚时分，蒋达生到达大园村徐顺范家。徐顺范的家庭背景相当复杂：父亲是当地的国民党乡长，但与共产党有某些联系；两个哥哥与国民党政府有工作上的联系。经过热心的徐家父兄的多方联络，他们终于和"山上"联络上了。过了几天后，在伸手不见五指、下着蒙蒙细雨的夜里，蒋达生跟着两名地下党员踏上了"上山"之路。

五、雨夜摸黑寻上山

三个黑影急匆匆地行走在田间小路上。蒋达生紧跟着两名地下党员，感觉脚下踏的不是小路，而是田坎，地面很滑，不知跌了多少跤。三人一声不吭，只是急急忙忙地走，只有在蒋达生跌倒时才稍微放慢脚步，等他一下。上坡后，他们走的多是羊肠小道，有时竟没有路，硬是往岩上攀登。蒋达生感觉脚下越来越滑，几乎每走几步便要跌一跤。一名同志带着手电筒，可就是不敢多照几下，极为"吝啬"，只因生怕被敌人的哨兵发现。蒋达生不习惯摸黑夜行，屡次跌倒，有时还要停下来擦拭被雨淋、被汗气蒸糊的眼镜。

经过几番上下坡，大概在半夜时分，他们到了一处山坳里的一个茅棚前。两名地下党同志熟练地用暗号叫门进去，与里面的主人低声商谈后，对蒋达生说："就在这里睡一觉吧。"蒋达生疲惫至极，脱下湿漉漉的衣服，钻进被窝蒙头便睡。刚睡下不久又被主人叫醒了，草草吃了点东西，看天色才有些泛白。主人说自己是交通员，让蒋达生跟他继续赶路，去寻找"总部"。而那两名地下党员早已经走了。

六、百折不挠到"总部"

早晨，在秋天阳光的照耀下，周围一片生机勃勃。蒋达生跟着那位交通员轻快地行进在山间小路上。不一会儿，昨夜被淋湿的衣服和包袱就快晒干了。每经过一个村庄，村民与老交通员都亲热地互相招呼着，对身后这位戴着眼镜、衣服尚湿的陌生青年，也都投以善意的目光和笑容。蒋达生感到这里的一切都充满了朝气，天空那么蔚蓝，空气那么清新，连山上的青松、田间的红叶都显得特别可爱、亲切。一路上，他不禁唱起了《解放区的天》《解放区哟好地方》。过去，他只能偷偷地唱这些歌曲，如今终于可以放声歌唱了。他一遍遍地唱着，一夜赶路的疲劳好像也被驱散了。

下午，路上遇见数十名全副武装、神采奕奕的战士。"准是游击队！"蒋达生心里欢快地想着。为首的一位大约三十多岁，腰插手枪，身体结实的同志迎上前来，笑着问："你是从上海来的医生吗？""是的。""我叫杨连新（蔡熙的化名，时任浙南特委永乐黄边区委代书记），你给茅静芳同志的信她收到了。我们当即派人去芙蓉，不料你已去大园。邱清华同志已叮嘱我，遇到你时，就接你上山。"蒋达生心里很高兴，马上跟上了队伍。

傍晚，一行人到了一个村庄。蔡熙烧了一大碗面，为这位"上海来的医生"接风，并亲切交谈。因为蔡熙另有任务，就交代老交通员继续引送蒋达生到总部。通过几处自己人的岗哨，将近半夜时分，蒋达生终于到达上马石括苍支队临时驻地。浙南特委括苍中心县委书记兼括苍支队政委邱清华还在煤油灯下工作，看见蒋达生到来，忙起身高兴地过来握手说："是达生同志吗？这里非常需要你！"

激动的泪水从蒋达生的眼里夺眶而出，经过一个多月的颠沛跋涉，费尽周折，他终于寻到了日夜思念的党组织"总部"！从此，蒋达生开始了为人民救死扶伤的革命生涯。

（乐清市革命老区开发建设促进会、中共乐清市委党史研究室供稿，根据蒋达生1987年6月回忆所作的《寻党记》整理，张娟群改编）

界牌岭

括苍支队打了一场漂亮伏击战

界牌岭，位于乐清市龙西乡，崎岖险峻，草木丛生，只有一条小路沿溪而上。1948年秋，解放战争进入夺取全国胜利的决定性阶段。11月9日，浙南游击纵队括苍支队在乐清雁西乡（今属芙蓉镇）上马石村隆重举行庆祝大会，广大指战员和根据地群众都沉浸在喜悦中，共同庆贺虹桥战斗的胜利。

会后，从各地送来的情报中得知，国民党浙江省保安副司令王云沛到温州后频繁调动军队，有向括苍游击根据地大举进攻之意，气氛瞬间变得紧张起来。时任括苍支队政委邱清华与括苍支队支队长周丕振、政治处主任郑梅欣仔细分析敌情、研究对策，决定把部队分成数路，派往括苍山、雁荡山和乐清湾诸岛，分散活动，迷惑敌人。

一、摩拳擦掌，蓄势界牌岭

1948年11月12日中午，邱清华、周丕振和郑梅欣率领一支由中心县委机关警卫队、军事干部训练班和各支队战士组成的 150 人队伍，急行军来到大荆李家山村（今属台州市黄岩区富山乡）。刚驻扎休息，通信员便带着一个汉子急匆匆闯了进来，走近一看，来人正是保龙乡民兵队长老叶。

"我有要紧情况向你们报告。"老叶撩起衣襟擦了擦汗，气喘吁吁地说道，"国民党台州突击第一大队已从大荆镇出发，正向界牌岭方向开来。"

"好啊！王云沛终于要和我们干啦！"周丕振摸了摸手枪，问道："来了多少人？"

"有 200 多人。"

邱清华问："谁带队？"

"听说是突击第一大队大队长蒋芝麟。"老叶答道。

收到老叶的情报，支队部立即召开紧急会议商讨对策。警卫队长谷定文凝思片刻，郑重说道，"敌人从这条道路过来，必定要经过界牌岭。这里崎岖险峻，草木丛生，只有一条小路溯溪而上。如果在岭的下段设下埋伏，敌人纵使插翅也难飞。"谷定文是土生土长的谷庄村人，有多年的游击经验，他十分熟悉这一带的山山水水、村村岙岙。在场的人听这番话，都连连点头称好。

周丕振立刻看向邱清华："邱同志，你看怎样，打吧？"

邱清华仿佛早已下定决心："好，那就打他个措手不及。"

周丕振更加笃定，大手一挥，说道："快通知各队战士和各地民兵，做好战斗准备。"

"我们民兵早就准备好了。"老叶激动地说，"大伙儿一听说要打国民党，磨刀的磨刀，擦枪的擦枪，别提多积极，兰田村民兵把'猪娘炮'都抬出来了。"

话音刚落，又从门外闯进来两个人，他们虽风尘仆仆，但腰扎皮带，下裹绑腿，身背步枪，显得十分英武。老叶忙介绍，这是保龙乡的民兵贤中和小潘。

周丕振上前握手，关切地问："你们那边的民兵有什么最新动向，队伍拉到哪里了？"

"报告首长！"小潘激动地说，"沿途的双峰、卓南、仙溪和我们保龙乡的民兵都出动了。花坦、卓屿的民兵已经埋伏在岩孔岭，我们保龙乡民兵分布在林家山外塘和澈水岩两边山上。区委领导派我们来请首长作指示！"

"请转告区委，民兵就在原地埋伏，把袋口放开，让敌人进来。等我们在界牌岭打响后，你们立即把口袋收紧，切断敌人的退路，让他们有来无回。"周丕振掷地有声地说。

"是！"小潘高声应道，转身飞奔复命。

不多时，大家商议制定好详尽的作战计划，指挥员们立即分头行动。邱清华和郑梅欣带队，在界牌岭正面埋伏，攻打敌人的先头部队；周丕振带领4个战斗班，埋伏在界牌岭右侧，拦腰打击敌人的中间部队；军政干部训练班负责人陈大海和谷定文带领军事训练班和警卫队战士，伺机打掉敌人尾部，同时阻击后援部队。界牌岭伏击战正式拉开帷幕。

二、军民协力，快速取胜

天色渐黑，埋伏圈里小战士张匡清紧握步枪，这是他第一次上战场，既激动又紧张，丝毫不敢懈怠。不知过了多久，草丛中终于有了响动。远处，敌中队长叼着香烟、牵着军犬，大摇大摆地逐渐走近。邱清华心中默念着："近一点，再近一点……"

500米、400米、300米、200米、150米……

当敌人全部进入埋伏圈后，邱清华一跃而起，说时迟那时快，两边山上的机枪、步枪瞬间万箭齐发，子弹如雨点般落下。敌军还没反应过来，就被打得人仰马翻、抱头鼠窜，一个中队瞬间溃不成军。

"好，打得好！"见先遣部队成功了，埋伏在界牌岭右侧的周丕振把袖子一挽，高高地挥着驳壳枪喊道："同志们，冲呀！"游击队员和民兵瞬间如猛虎般跃出丛林，向岭脚的敌人冲杀过去。霎时间，整个山谷响起了"缴枪不杀""宽待俘虏"的喊声。

见四面八方都是游击队员和民兵，大部分敌军被吓得魂飞魄散，纷纷跪在地上，双手举着枪，哀求饶命。只有一小撮负隅顽抗，做着无谓的挣扎。

张匡清冲下山来，正遇着敌人掷过来的一颗手榴弹

"吱吱"冒烟打旋。来不及闪躲，随着一声巨响，他被热浪击倒，翻滚到山沟里。天旋地转之后，他努力地睁开眼，只觉得头发被烧掉了大半。还没来得及起身，便发现不远处有敌军撤退的残兵，钻进山洞躲藏。

此时，邱清华从山上冲下来追捕敌人，刚好来到了山洞旁边。张匡清努力站起，扑到邱清华身边一把拉住他，低声说："小心，洞里有敌人。"敌众我寡，显然现在冲进去会很危险，但原地等待支援又怕敌人逃脱。邱清华看着烧伤的张匡清果断地说："你留下掩护，我去洞里看看。"张匡清努力挣扎起身，"首长，我去！"两人谁也不肯退让。

好在此刻周炳杰等游击队员迅速赶到，有了后援力量。邱清华示意其他人从后方包抄，周炳杰则来到山洞上方，向洞里喊话："缴枪不杀，你们已经没有退路了！再不出来，就开枪啦！"时间一点点过去，洞里没有一点回应。

半晌，洞内突然射出一梭子弹，与周炳杰擦身而过。见敌人负隅顽抗，邱清华立刻指挥强攻，周炳杰将3颗手榴弹捆在一起，"嗖"的一声投进山洞里，顿时地动山摇。等硝烟散尽，敌人已悉数倒在洞中，没有了生气。为首的是国民党台州突击第二大队第二中队中队长杨士田。

三、军民同庆，欢欣鼓舞

在游击队和民兵的通力配合下，界牌岭伏击战快速取胜。全歼敌第二中队，击毙、伤敌中队长及分队长等 10 人，俘敌 23 人，缴获步枪 32 支、驳壳枪 6 支、手枪 1 支、各种子弹数千枚。但却没有发现蒋芝麟的身影。

原来，11 月 12 日晨，蒋芝麟奉命从大荆出发，到乐（清）永（嘉）边界处的箬袅村（今属永嘉县鹤盛镇）宿营，计划于 13 日经湖上垟（今属乐清市岭底乡），向泽基（今属乐清市）发起进攻。由于蒋芝麟所辖的突击第一大队兵力不足，便从突击第二大队调拨人手，成为先头部队，他自己则带领两个中队断后。听闻前方枪声四起，蒋芝麟为求自保，未到界牌岭就掉头逃跑，躲在砩头（今属新昌县镜岭镇）山冈待援。但第二天就被民兵发现，再次交火后，蒋芝麟败退撤回。

界牌岭伏击战的胜利，挫败了王云沛进攻泽基的计划，也让乐清的游击队和民兵感情更加深厚。山村里的乡亲们得知打了个大胜仗，欢欣鼓舞，军民同庆，期待解放战争的全面胜利。

（乐清市革命老区开发建设促进会、中共乐清市委党史研究室
供稿，周晚改编）

谷坦山

解放军夜袭智破仙居敌营

这是一个人民解放军夜袭敌营以智取胜的战斗故事。

新中国成立前夕，驻守在仙居县的中国人民解放军部队采取声东击西、夜间突袭的战略手段，一举攻破国民党反动派武装残部盘踞窝点——仙居谷坦山，全歼国民党残余部队，彻底清除反动武装势力，巩固革命胜利成果，保一方百姓平安。

一、国民党残部的白日妄想

1949 年 5 月 3 日，中国人民解放军解放了素有人间天堂之称的杭州。原国民党浙江省保安司令部（以下简称"浙保"）副司令王云沛根据蒋介石集团的"应变"计划，率残部南逃，途中组织了"浙南行署"，自任主任，并将其亲信蒋芝麟担任大队长的"浙保司令部突击大队"改为"浙南行署突击总队"，委任蒋芝麟为总队长，派他潜回仙居开展"游击"战争。

7月2日，盘踞在温岭松门的王云沛获悉，仙居的王天植（原国民党仙居县县长）已经垮台，遂给随军的原国民党浙江省政府视察周子叙打气，说什么"仙居地形很好，正规解放军不会到那里去"，"蒋芝麟已在仙居，力量蛮强"，"中央总反攻在即，在那里建立根据地迎接总反攻，非常有利，无奈王天植已假投降，无人主政"，当面委派周子叙为"仙居县县长"，令其立即返回仙居"主政"。并将给蒋芝麟及徐庆祥、蒋焕文等人的委任状交周子叙带至仙居。

周子叙潜回仙居后，找到盘踞在谷坦山的蒋芝麟，向蒋芝麟传达了王云沛指示，并交予委任状。蒋芝麟接到上峰给他的"浙南行署第二支队"司令委任状，受宠若惊，随即通知各匪首集中开会整编。支队下设3个总队1个直属大队，任命了徐庆祥、蒋焕文、王彪各为第一、第二、第三总队长，仇杰华为直属大队长。同时，周子叙也积极组阁、搜罗当地反动势力，拼凑了所谓的"仙居县政府"。他们狼狈为奸，以西北部山区为大本营，南与"浙江六区专员公署临仙剿匪司令部"副司令郑文理勾结，控制仁马乡（今步路乡境内）一带；东与顾世长为司令的"浙南行署第三支队"和盘踞在临海白水洋一带的"临仙剿匪司令部第三支队"支队长（后改为"浙东反共救国军"）王继学部配合，企图控制临海仙居之间的交通要道；蒋芝麟亲率直属队，以仙（居）磐（安）交界的谷坦山为活动中心，妄图遏制解放军西进。

　　然而，蒋芝麟一伙的如意算盘不过是国民党残兵败将的白日妄想。这伙国民党残部，公然纠集力量袭击驻石井解放军 186 团一营，不想偷鸡不成蚀把米，暴露了国民党残余部队溃逃动向和所在方位。中共仙居县委和 186 团发现国民党残部线索后，立即发动当地群众和进步人士密切配合军事侦察人员，在西北部山区展开周密侦查活动，基本摸清了这伙国民党残匪的活动范围和藏身地点。于是，中共仙居县委与 186 团开始制定详尽的作战计划，准备一举歼灭这伙国民党残余部队。

二、解放军智破敌军"黄粱美梦"

　　7 月 22 日，驻仙居解放军 186 团配合第七军分区和第八军分区解放缙云县壶镇。这一行动被蒋芝麟误认为解放军已撤离了仙居。见解放军已走，他们又张牙舞爪起来。次日，蒋即跳出谷坦山，聚匪三四百人，丧心病狂地把魔爪伸向白塔镇，妄想乘机偷袭在白塔镇活动的横溪区委和区中队。但是，在区长刘济生等人指挥下，20 多名战士在当地群众配合下英勇反击，以少胜多，很快将来犯匪徒击退。

　　7 月 26 日，解放军第 21 军军部侦察营接到师部命令，在营政委马炳衡率领下，到仙居与 62 师 186 团换防。27 日，186 团解放缙云壶镇后返回仙居，团部与侦察营正准备交接防务之际，忽接到蒋芝麟龟缩在谷坦山

谷坦山，1949 年 7 月 26 日，解放军夜袭敌营战斗地

的情报。团部一边去电请示师部，要求再留几天，打完这一仗再调离仙居；一边动员在仙居的全体指战员，做好夜袭谷坦山的准备工作。师部回电，同意 186 团的请求。团长刘学江、政委施义之和侦察营政委马炳衡当即商议决定，在敌人尚不清楚我军动向和兵力的情况下，声东击西，转移敌人视线，最大限度麻痹敌人；然后集中兵力攻打敌营，夜袭谷坦山，打他个措手不及，彻底歼灭蒋芝麟残部。

7 月 27 日当天，解放军出发前封锁一切消息，佯装即将撤离，做着准备工作。大约晚上 7 时，186 团和侦察营全体指战员作了周密分工，团长刘学江率一营和团直属机关留驻城内，政委施义之、团参谋长胡开德和侦察营马政委率三营、教导队和侦察营去完成歼灭蒋部任务。晚上 8 时许，各参战部队按原定地点集合，作了简短动员后，向西北山区挺进。部队在向导带领下，沿着羊肠小道，经过几小时急行军，来到离谷坦山约 5 公里的山村。据了解，黄昏时蒋芝麟部还到村里派过粮食，由此，估计蒋匪还留在谷坦山上。

原来，蒋芝麟事先得到密报，解放军自缙云回仙居，即将调回临海。他喜出望外，又做起收复仙居城的黄粱美梦，但他万万没有想到，这其实是一场噩梦。

三、解放军夜袭谷坦山匪军营地

谷坦山，是个距离仙居县城 20 余公里、海拔 800 多米的高山小盆地。南面仙居，北靠磐安，居高临下，易守难攻，战略地位重要。方圆近 30 平方公里，40 多个小村庄星罗棋布，其中下马坑村最大。可以说，它是谷坦山的核心部位，蒋芝麟的"支队司令部"就设在这里。通往谷坦山只有两条羊肠小道，在山道口都布有国民党重兵把守，南北两翼也安插着两支人马，形成掎角之势。蒋芝麟机关算尽，自以为得此宝地便可高枕无忧。

通过对山村老百姓的走访，核对地图，解放军了解了蒋芝麟的部署情况。团、营首长经过分析，认为如果从小山村直插下马坑，只有一条小道，地形对我方十分不利，必须另想办法。经侦察营、三营和教导队的负责同志一起商量后，决定由侦察营从左翼包抄袭击南面村庄的守敌，三营从右翼包抄袭击北面村庄的敌人，各营均按每小时两公里的速度前进，并规定了联络信号，这样既避开了敌人设在小道上的岗哨，又共同形成包围之势。

7月27日晚，解放军借着夜色掩护急行军，两翼部队到达目的地后，施政委和胡参谋长带领教导队从正面包抄。当正面部队行军1小时后，前方解放军的行动被匪岗哨发现了，战斗随即打响。施政委立即令教导队迅速展开，向纵深插入。这时，左翼侦察营方面也传来了枪声。

天还没有大亮，蒋芝麟正搂着姘妇做着美梦。他被枪声惊醒时，还破口大骂："谁的机枪走火了！该死的，妈妈的，毙了他！"话音未落，传来"轰隆"一声炮响，蒋芝麟这才吓出一身冷汗，恍然大悟，知道解放军打进来了。昏头转向、不知所措的他，带着直属大队长仇杰华等几个亲信，光着身子向磐安方面逃窜。

蒋芝麟一逃，匪军失去指挥，顿时阵脚大乱。解放军教导队趁机兵分两路，向西、北两个方向发起进攻。这时，解放军三营也赶到了，从北面包抄过来，配合教导队迅速解决了北面村中的守敌。与此同时，南面村中的守敌也被解除了武装。

这次战斗从开始到结束，共用了3个小时，实际战斗仅几十分钟，共毙敌10余人，生俘170余人，缴获轻机枪5挺，卡宾枪12支，步短枪72支和一批弹药，蒋芝麟直属大队被全歼。此后，蒋芝麟逃至杭州，1950

年1月12日在杭州庆春街（现杭州庆春路）被抓，9
月25日在杭州松木场被执行枪决。

　　谷坦山夜袭战，是解放军部队声东击西、以智取胜
的典型案例，也是解放军指挥员高超的军事才能、高明
的指挥能力的生动实践。

　　　　　（仙居县革命老区建设促进会供稿，原作者朱士新，

　　　　　　　　　　　　　　　　　　　　晓路改编）

鲍亦兰

为党养育革命后代十三年

在革命老区乐清市芙蓉镇鲍亦兰的后辈手里，保存着好几封珍贵的信件。这些信件是上 20 世纪 50 年代初原中共台属特委书记刘清扬（今福建省福鼎县前岐镇井头村人）寄来的亲笔信，毛笔字飘逸灵动，颇见功底。这些信件见证了一个托"孤"养"孤"十三年的感人肺腑的故事。

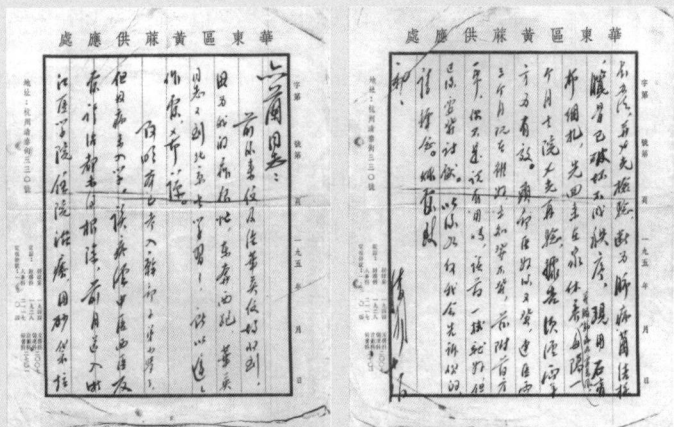

刘清扬寄给鲍亦兰的信件（复印件）

一、"白皮红心"的秀才

鲍亦兰是芙蓉镇海口村人，生于1912年，教过书、从过商、种过地，在旧时农村可算是个"秀才"，是当时中共芙蓉镇领导人金强的妹夫。1938年，地下党组织派金强竞选、担任芙蓉镇伪镇长，鲍亦兰顺势任职伪政府事务员，表面协助"金镇长"工作，实际"白皮红心"，为地下党组织工作。他通过金强"合股"创办的"大同鱼行"，暗地里为地下党、游击队活动提供物资、经费等。

刘清扬于1936年任中共福建省福鼎县委书记，1938年调任中共浙江省台属特委书记。当时，乐清县地下党组织隶属台属特委领导，周丕振兼任特委秘书。刘清扬和革命战友袁华英两人常来雁荡进行秘密革命活动，1939年两人在雁荡结婚后生下一子。因他俩都是外地人，在白色恐怖下难以亲自养育幼子，又无亲人可托付，只得向党组织反映情况。时任乐清县委组织部部长邱清华和周丕振、金强三人出于对鲍亦兰的信赖，决定由金强出面向鲍亦兰夫妇说明情况，请求他们养育刘清扬夫妇的幼子。鲍氏夫妇深明大义，接受了养"孤"的重任。

二、嗷嗷待哺的娃娃

鲍亦兰和妻子抱着襁褓中的婴儿，对外一致称是自己的亲生儿子。为掩人耳目，他们给婴儿取名鲍启明。"启明"二字，深有寓意。小小的婴儿刚降生，嗷嗷待哺，却没有母乳喂养，又没有现如今随处可买的奶粉。鲍氏夫妇只得每天熬制浓浓的米汤、面糊，待温热时，一勺一勺地喂给小启明。而从小缺少母乳喂养的小启明，身体抵抗力差，特别体弱多病，经常哭闹不止。夫妻俩只能没日没夜地抱着、哄着小启明，同时还要兼顾自家孩子，含辛茹苦，无法休息。当时，正处于反动派"剿共"疯狂时期，密探、特务随处可见，收养革命后代就是"通匪"，会遭百般酷刑"杀无赦"。但鲍亦兰和妻子十多年守口如瓶，无人知其中真相。

在漫长的艰难岁月里，小启明磕磕绊绊地成长。有一次，孩子突发高热不退、惊厥抽搐，鲍亦兰立即向地下党组织报告，并请当地名医汪朝宗先生，从30里外的虹桥步行至芙蓉镇家里医治。虽经努力抢救、后期精心调养，但小启明还是不幸留下了瘸腿的后遗症。

鲍氏夫妇将小启明视如己出，万般呵护，精心抚养到13岁。关于养育孩子的费用，邱清华、周丕振、金强等几位领导人当初商量时曾作出承诺：待革命胜利后，组织上会给予补偿。可是乐清解放后不久，金强就去世了。邱清华、周丕振和刘清扬夫妇常年因工作辗转各地，外加通讯不发达，无法顾及此事。在人民政府初建、百废待兴时，鲍亦兰出于对党和革命事业的高度忠诚与信任，也从未向政府提过任何经济补偿的要求。

三、见证情义的书信

1951年，鲍亦兰通过党组织才得知刘清扬夫妇在杭州的工作地点，便写信告知近况，说小启明已读小学五年级，并询问他们是否愿意认亲领回。刘清扬回信，表示他们夫妻已商量好，愿意将孩子接回。鲍亦兰立即将启明送到杭州。但鲍启明回到生身父母身边后，因既有瘸腿残疾又方言不通，很不适应新环境。分别后，鲍亦兰夫妇也非常挂念小启明，多次写信询问孩子的健康、学习、生活等情况；刘清扬也曾多次回信给鲍亦兰，两对父母共同关心孩子，叙说成长中的点点滴滴。

刘清扬夫妇后来又生养了两个子女，但丝毫没有减少对启明的疼爱。为了让启明尽快适应杭州的城市生活，他们为他多方求医问药，又对他进行普通话辅导、文化课补习。一段时间后，鲍启明插班进入浙江省直属机关干部子弟学校小学三年级学习。后来，鲍启明在江西省井冈山劳动大学毕业，分配到井冈山机械厂工作生活。他在生父病故后改随母姓，姓名更为袁冠生，但一直不忘鲍亦兰夫妇的养育之恩，称鲍氏夫妇为父母亲。每年春节期间，他都会带着妻儿来芙蓉镇给养父母拜年，欢聚一堂，一起度过新春佳节。2000年初，鲍亦兰病故，年过花甲的袁冠生因病无法从井冈山赶到芙蓉镇亲自吊唁，便在唁电中告知自己的出生时辰，并送上花圈挽联，以示悼念和孝敬之意。

鲍亦兰夫妇不顾自身安危，不计报酬，"精心养'孤'十三年，红色情义比海深"的故事，在芙蓉镇当地一直传为佳话。

（乐清市革命老区开发建设促进会供稿，原作者施泰顺，

张娟群改编）

后 记

　　江山就是人民，人民就是江山。中国共产党领导人民打江山、守江山，守的是人民的心。革命老区是党和人民军队的根，我们永远不能忘记自己是从哪里走来的，永远珍惜、永远铭记老区和老区人民的牺牲和贡献，永远继承和发扬老区和老区人民的光荣传统，并从革命历史中汲取智慧和力量。

　　为缅怀崇敬革命先烈先辈、赓续红色血脉，加强全民特别是青少年革命传统教育，2023 年 2 月浙江省革命老区开发建设促进会第五届五次会议明确提出编纂《浙江省革命老区红色故事集》（以下简称《故事集》），并做了大量前期准备工作。浙江省革命老区开发建设促进会专门成立编审委员会，组织编审小组、专家工作组、编纂修改组。全省 32 个老区县的革命老区开发建设促进会积极响应，提供了丰富且鲜活的红色故事图文资料。本书由李良福、郑汉阳任主编，晓路、童未泯、张娟群、周晚、郑心怡等分别对相关文章作了编纂、修改、润色工作。相关编纂出版工作得到省委党史和文献研究室、省教育厅、省退役军人事务厅等单位的指导帮助和浙江大学出版社的大力支持，在此一并表示感谢。还要特别感谢蓝城乐居集团，铭记革命老区人民在革命斗争时期的牺牲和贡献，着力弘扬红色精神，鼎力相助《故事集》出版，彰显企业情怀与担当。

从满足广大读者和中小学校、文化礼堂、农家书屋等需求考量，经编委会和专家组反复论证，《故事集》共收集整理红色故事50篇，以时间为序充分展示了20世纪20年代以来，在中国共产党领导下，浙江在大革命、土地革命、抗日战争、解放战争时期，红十三军、红军挺进师、苏浙军区、浙东和浙南游击纵队等革命武装，开辟革命根据地，开展波澜壮阔革命斗争的历程，英雄篇章可歌可泣，重大历史事件波澜壮阔。

起心动念皆不易，凝心聚力尤为贵。在组编过程中，各工作组以中共中央办公厅、国务院办公厅、中央军委办公厅印发的《关于加强新时代烈士褒扬工作的意见》，以及退役军人事务部、教育部、共青团中央、全国少工委联合印发的《关于用好烈士褒扬红色资源加强青少年爱国主义教育的意见》精神为指导，尽可能顾及全省各革命老区县的情况，多角度、全方位、深层次展现英烈故事，力图把《故事集》打造成为弘扬革命传统、"培根铸魂、启智增慧"的优秀读物。

欢迎读者们对《故事集》提出宝贵意见。

浙江省革命老区开发建设促进会

2023 年 11 月

图书在版编目（CIP）数据

浙江省革命老区红色故事集 / 浙江省革命老区开发
建设促进会组编；李良福，郑汉阳主编. — 杭州：浙
江大学出版社，2024.1
ISBN 978-7-308-24672-9

Ⅰ.①浙… Ⅱ.①浙… ②李… ③郑… Ⅲ.①革命故
事—作品集—中国 Ⅳ.①I247.81

中国国家版本馆CIP数据核字(2024)第039341号

浙江省革命老区红色故事集

浙江省革命老区开发建设促进会　组编

李良福　郑汉阳　主编

策划编辑	金更达　寿勤文
责任编辑	周　宁　李嘉慧
文字编辑	郑心怡　徐　瑾　章　涵
责任校对	吴美红
装帧设计	郑心怡
出版发行	浙江大学出版社
	（杭州市天目山路148号　　邮政编码　310007）
	（网址：http://www.zjupress.com）
排　　版	杭州林智广告有限公司
印　　刷	杭州宏雅印刷有限公司
开　　本	880mm×1230mm　1/32
印　　张	9.5
字　　数	175千
版 印 次	2024年1月第1版　2024年1月第1次印刷
书　　号	ISBN 978-7-308-24672-9
定　　价	23.80元